ANIQUÍL NAVIDAD

DE
CHRISTINA ROSS

A mis queridos amigos.
Y mi familia.
Y especialmente a todos mis maravillosos lectores.
Que tengan unas felices fiestas.

Nota del traductor

EL ESPAÑOL UTILIZADO en esta traducción es eminentemente peninsular. Sin embargo, se ha tenido en cuenta la diversidad de usos del español entre los posibles lectores de la novela y se han buscado giros lingüísticos y vocablos tan idiomáticamente neutros como ha sido posible. Siguiendo este criterio, se han querido evitar usos que, aun siendo correctos, puedan estar estigmatizados en Latinoamérica. Por otra parte, se han seguido las directrices y recomendaciones recogidas en la nueva Ortografía de la Real Academia de la Lengua (RAE) con respecto a la no acentuación de pronombres demostrativos y palabras monosilábicas. En la obra se incluyen algunos de los préstamos lingüísticos que se han incorporado al uso coloquial de la lengua, aunque alguno pueda no aparecer en la última edición del diccionario de la RAE.

—Antonio Gragera, traductor.

CONTENIDOS

ANIQUÍLAME: NAVIDAD

DE
CHRISTINA ROSS

CAPÍTULO UNO

Diciembre
Nueva York

ALEX Y YO ESTÁBAMOS sentados en el salón saboreando unos martinis tras un largo día de trabajo cuando, sin venir a cuento, me preguntó si tenía algún plan para las navidades. Hice una mueca de extrañeza y lo miré.

— Lógicamente, las voy a pasar contigo.

Levantó su copa, chocando la mía.

— Perfecto.

— ¿Pensabas que no?

— No, me imaginaba que sí. Pasemos entonces a lo siguiente.

— ¿Qué estás tramando?

— Atiéndeme. Tengo una idea.

— Lo que significa que necesitamos otra ronda.

— Muy graciosa.

— ¿Y cuál es esa idea?

— ¿Qué te parece si las celebramos en Maine, salir de aquí? Allí estará todo cubierto de nieve, con toda probabilidad. Sería romántico. ¿Recuerdas la chimenea del salón?

Claro que la recordaba.

— Es preciosa. Y enorme.

— Deberías verla ardiendo. Es fantástica. Como el mar en Maine por la misma época, por si no lo sabías. Después de todo lo que nos ha pasado, creo que necesitamos largarnos de aquí por una temporada.

Así que, ¿por qué no Maine? Podríamos cortar nuestro propio árbol de navidad, decorarlo, hacer la cena, abrir los regalos, tener sexo.

— ¿Tener sexo?

— ¿Por qué no?

— Pero, ¿qué dices? Como si no lo fuéramos a tener de otra manera.

— Así es —dijo—. Solo que seríamos más creativos esta vez que la primera.

— No sé si podrías ser más creativo. La otra noche, lo que hiciste con la lengua ...

— No me refería a nada de eso.

— ¿A qué te refieres entonces?

— A la otra parte de mi plan.

— ¿Qué otra parte?

Le dio un trago al martini.

— Una cosa menor.

— ¿Menor?

— Bueno, quizás no tan menor.

Lo miré.

— ¿Y también lo tienes todo pensado?

— Completamente. Pero no he puesto nada en marcha porque primero quería consultarlo contigo.

— Pues escuchemos ese plan tuyo.

— Sé que no quieres separarte de Lisa durante las navidades, por lo tanto, ¿por qué no traer a Lisa y a Tank con nosotros? La casa es, sin duda, lo suficientemente grande. Ya viste cuántos dormitorios hay, y cada uno tiene su propio baño. Privacidad para todos, que es lo más importante.

— ¿Por si surge algo de sexo?

— Eso y algo más.

— ¿Qué otra cosa?

— Estaba pensando que por qué dejarlo en cuatro.

— Ay, Dios...

— ¿Por qué no invitamos a Blackwell y a sus dos hijas también? Las dos llegaron de la universidad para las vacaciones de Navidad y hay sitio de sobra para los siete. Ya he pasado algunas navidades con Blackwell. Te puedes imaginar lo hilarante de la situación.

— Sí. Me lo puedo imaginar. Y me encantaría conocer a sus hijas. ¿Cómo se llaman? No lo recuerdo.

— Alexa y Daniella.

— No creo que Blackwell me haya dicho nunca sus edades.

— Alexa tiene veintiún años y Daniella veintidós.

— No son mucho más jóvenes que yo y que Lisa.

— ¿Qué te parece entonces? Faltan diez días para Navidad. Propongo que salgamos el veintitrés y regresemos el veintiséis. Eso nos dará tiempo para adornar la casa, comprar comida en el Hannaford de Ellsworth, asegurarnos de que tenemos la suficiente cantidad de champán, vino y licores, y suficientes películas por si queremos ver alguna. Ya sabes, como *Es una vida maravillosa*. ¿Quién no ve esa película el día de Nochebuena? Lo celebraremos como Dios manda.

— Me parece estupendo. Pero hay algo que considerar. Lisa y Tank aun no han tenido relaciones sexuales. Se van acercando, sin duda, pero aun no han llegado ahí. ¿Qué hacemos con ellos?

— Otra vez, hay suficientes dormitorios. Uno para nosotros, otro para Alexa y Daniella, otro para Blackwell y aun hay otros dos, en caso de que Tank y Lisa prefieran dormir en habitaciones separadas.

— O puede ser que no lo prefieran.

— No se sabe.

— Puede que los oigamos andar de puntillas de una habitación a otra en mitad de la noche.

— Todo es posible.

— Necesitamos decírselo mañana antes de que ninguno haga planes, si no los han hecho ya.

— Y si los han hecho, no pasa nada.

— Yo sé que Lisa no los ha hecho.

— Y sé que Blackwell siempre se queda en Nueva York por Navidad.

— ¿Blackwell no ha estado en Maine en invierno?

— No, que yo sepa.

— Si accede a venir... ¡Hablando de pez fuera del agua!

— Piensa en el potencial.

— Tank es el interrogante. No sé dónde pasa las vacaciones. ¿Suele ir con su familia?

— A veces. Fue el año pasado, pero no el anterior. Quizás vaya cada dos años, pero no estoy seguro.

— Empezaremos mañana por la mañana. Tú te trabajas a Tank y yo me encargo del resto del personal.

— Excelente —dijo, dejando la bebida sobre la mesa—. Ahora, ven aquí.

— ¿Más cerca? Estoy prácticamente en tu regazo.

— De hecho, te quiero en mi regazo.

— Ya veo. —Le dirigí una mirada modosa y puse mi cóctel en la mesa—. En fin, si usted insiste Sr. Wenn. —Me incorporé, me senté en sus piernas y le di un golpecito en la nariz con el dedo—. ¿Sabes? Nunca me he sentado en las piernas de un Papá Noel que estuviera tan bueno. Joven, en forma y guapo. Sin barriga. Y con una barba *sexy*, no la molesta tradicional barba blanca.

Me besó en los labios.

— ¿Lo dices de verdad?

— De verdad. Y después de ese beso, eres el Papá Noel con mejor aliento que he conocido.

— Así que, ¿qué le gustaría a Jennifer para Navidad?

— Estoy sentada en ello.

— Pero eso ya lo tienes. Tienes que querer algo más.

— ¿La paz mundial?

— Lo digo en serio.

Me lo pensé un poco, pero no se me ocurría nada.

— Tengo todo lo que quiero. Lo más importante eres tú. Pero ya sé que eso no va a ser bastante para ti. Sé que quieres hacerme un regalo tanto como yo quiero hacértelo a ti. Ya se me ocurrirá algo, pero solo si tú me dices qué te gustaría.

— Tengo que confesar que lo he estado pensando.

— ¿Y?

Me estrechó y pegó los labios en mi oído, produciendo un cosquilleo que me recorrió todo el cuerpo, como siempre que hacía algo así. No creo que llegue a cansarme nunca de eso.

— Quizás poner fecha a nuestra boda —me dijo con voz grave.

— Pero eso suena más como un regalo para mí.

Él se sonrió.

— Entonces lo podemos considerar un regalo mutuo. ¿Qué te parece?

Me acurruqué en él y puse la cabeza en su pecho. Tenía puesto un cárdigan de cachemira, suave al tacto, una sensación maravillosa en la mejilla. Todo lo demás debajo de aquel suéter, sólido como una roca.

— Creo que sería el regalo perfecto para los dos. ¿Por qué no me dices qué fecha aproximada estás pensando? Yo te digo la mía y entre los dos encontramos la mejor. Y les damos la sorpresa a todos en Navidad. ¿De acuerdo?

— Si es que podemos reunirlos a todos —dije.

— Creo que podremos. Tank es el único que puede tener planes que no conocemos. Veremos qué pasa.

— ¿Sabes lo que me gustaría hacer ahora mismo?

— ¿Lo mismo que a mí?

Sin dificultad, se levantó conmigo en los brazos y me llevó al dormitorio.

— Espero que Papá Noel no sea tan mayor que necesite Viagra —bromeé cuando me dejó en la cama.

— No te preocupes —dijo mientras se quitaba el suéter y lo tiraba al suelo. El paquete de Papá Noel está bien surtido.

Con las luces de la ciudad centelleando a sus espaldas, se quitó la camiseta y los vaqueros. Miré al formidable bulto en sus calzoncillos y me quité la camisa y el sujetador mientras que él me desabotonaba y sacaba los pantalones.

— Yo primero —dijo, tirando de mis bragas y arrojándolas a un rincón de la habitación.

— Ahora, me toca a mí. —Lo liberé de sus calzoncillos, lo que era siempre una agradable, aunque intimidante, visión. Una vez fuera, los lancé contra el ventanal—. ¡Qué espectáculo estamos ofreciendo a los vecinos! —dije.

Gateó encima de mí.

— ¿Y eso te pone?

No estaba bromeando. Lo decía en serio. Nunca lo había pensado antes. Obviamente, podría haber alguien en alguno de los edificios al otro lado de la Quinta que nos viera hacer el amor. ¡Dios mío! Alguien podría tener un telescopio, no sería extraño. Muchos los tenían. ¿Sería posible que la idea de que alguien nos estuviera mirando me excitara? Me sorprendí de mis propios pensamientos.

Cuando me penetró me volvió a preguntar.

— Dime, ¿te pone?

Lo rodeé con los brazos, sintiendo su piel aterciopelada contra la mía. Sacó el pene. Le agarré los testículos, tirando ligeramente de ellos, algo que le gustaba tanto como a mí. Luego su segunda acometida se encontró con la mía, penetrando hasta lo más recóndito. Siempre me llevaba un poco acomodarme a su longitud y circunferencia.

— Puede ser —dije una vez acomodada.

— ¿Solo *puede ser*?

— Quizás un poco más que *puede ser*.

Sus labios buscaron los míos y luego, moviéndose ágilmente, me puso sobre su vientre de forma que quedé enfrente del ventanal. Estaba montada en él, consciente de que mis pechos estaban al descubierto de quien estuviera mirando, si alguien lo estaba haciendo. Eso era lo que, inesperadamente, me excitaba. Quién sabía si alguien nos estaba mirando. La habitación estaba en penumbra. Si nos miraban, ¿podrían ver algo? No tenía ni idea.

Cuando me llevó al primer orgasmo, ya había decidido que no me importaba. Continué montada en él, perdiéndome en él, recorriendo su pelo con mis dedos, su
pecho con mis uñas, mientras que con su lengua desafiaba mi boca y jugaba con mis pezones. El deseo se fue haciendo más salvaje y más intenso.

— A ti también te gusta, ¿verdad?

— ¿Y qué si me gusta?

Con maestría, me dio la vuelta. Ahora era yo quien estaba tumbada en la cama, mirándolo. Me contempló por un instante, con lujuria. Luego se volvió de lado hacia la ventana y ofreció a un sector de Nueva York la posibilidad de ver a Alexander Wenn completamente desnudo y excitado.

Echó las caderas hacia delante, la espalda hacia atrás, y se agarró el pene. Me miró como un niño travieso y luego se volvió completamente de cara a la ventana. Cuando me dio la espalda, podía ver su brazo moviéndose en la oscuridad.

— Eres sorprendente —dije.

— Ven a la ventana y apoya las manos a los lados.

— No lo dices en serio, ¿verdad?

— Si alguien está mirando, ¿por qué dejarlo ahora?

Salí de la cama, apoyé las palmas de las manos contra la ventana y me penetró de un golpe. Gemí. Me agarró por el pelo y me echó la cabeza hacia atrás, de una manera inesperadamente agresiva. Hubo un momento en el que casi quería reír. ¿Qué estaba haciendo? Las sacudidas de mi cabeza arriba y abajo emborronaban las luces de Nueva York hasta hacerlas parecer copos de nieve cayendo sobre la ciudad.

Me abrazó por detrás y me agarró los pechos mientras que seguía embistiéndome. Me pellizcó los pezones y me enterró su cara en la nuca. Como siempre, el aguijón de su barba era todo lo que necesitaba. No supe qué me sobrevino, pero no importaba. Me apreté contra él, él se convulsionó dentro de mí y los dos nos corrimos a la vez.

Nos dejamos caer sobre la cama y me besó los pechos antes de, inesperadamente, penetrarme otra vez. ¿Cómo podía tener otra erección tan rápidamente? ¡Qué importaba! Estaba perdida en él.

— Te quiero, Jennifer. Eres la mujer más bonita, más perfecta, que he visto en mi vida. Doy gracias a Dios por tenerte conmigo. Estoy feliz de que estemos juntos —me dijo al oído—.

CAPÍTULO DOS

LA MAÑANA SIGUIENTE, en la Wenn, fui directamente a la oficina de Blackwell. Estaba sentada delante de su escritorio con una taza de café en una mano mientras pasaba las hojas del Times con la otra. Le di un golpe a la puerta con los nudillos, me miró y me remiró.

— ¿Qué tienes?

— ¿Cómo que qué tengo?

— Pareces diez años mayor que ayer.

— Seguro que no.

— No me niegues lo que estoy viendo. Pareces agotada.

— No dormí mucho anoche.

— ¿Por qué? Todo ha pasado. Deberías estar tranquila.

— Estoy perfectamente bien —dije, asomando la cabeza y bajando la voz—. Alex me dio caña anoche. Hemos descubierto que quizás seamos exhibicionistas.

— ¡Jennifer!

— Es muy posible. Por un rato, mis tetas estuvieron expuestas al mundo. Y en cuanto a Alex, llegó a ponerse delante de la ventana y ...

— Alto. Más de lo que quiero saber. Ya sabes que nada de eso es bueno para los negocios. Moderación es lo que os hace falta, y con urgencia. Hacedlo los fines de semana, por amor de Dios. Viernes y sábados. Y a descansar el domingo. Os debería bastar con eso. No puedes venir al trabajo con esa pinta. Tienes una reputación que mantener. Estás prometida a Alex. Eso te somete aun más al escrutinio del público. Un poquito de contención, por Dios, y de amor propio.

— ¿Ha terminado?

Cogió su bolso, colgado en la silla.

— No. Ven aquí. Al menos déjame arreglarte la cara.

— Mi cara está perfecta.

— No con esas bolsas en los ojos, ni hablar. Ven aquí. Agáchate.

Todo lo que necesitas es un poco de maquillaje aquí y allá, polvos, barra de labios y entonces estarás presentable.

Me dejé hacer y me levanté cuando hubo terminado.

— ¿Ahora sí paso inspección?

— Casi. Arréglate la falda. Está torcida.

Lo hice.

— ¿Es así con sus hijas?

— ¿Bromeas? No me lo permitirían.

— Entonces, ¿por qué tengo yo que sufrir las consecuencias?

— Obviamente, porque me necesitas desesperadamente. Después de todos estos meses, aun me necesitas. —Se llevó las manos al pecho—. Y para eso estoy, para ayudarte.

— ¿Sabe dónde la necesito realmente?

—¿En el hospital?

Puse los ojos en blanco y me senté enfrente de ella.

— La necesito en Maine.

— ¿Cómo?

— La necesito en Maine.

— Otra vez, por favor.

— Maine.

— ¿Y eso dónde está?

— En Maine.

— Nunca he oído hablar de Maine.

— Seguro que sí.

— ¡Por favor! ¿Quién va a Maine?

— La mitad de sus amistades tiene casa de verano allí. Ha estado docenas de veces. Alex me lo ha dicho. Solía ir con su madre durante el verano.

— Esa es la clave, Jennifer. Verano. Ve-ra-no. Por si no te habías dado cuenta es invierno. In-vier-no. La nieve está desatada. Los árboles desnudos. Nadie va a Maine en invierno. ¿Para qué? Recuerda más bien a la antigua Unión Soviética.

La miré fijamente.

— ¿En serio?

— Bueno, solo en invierno.

— ¿Qué sabe del invierno en Maine?

— Nada. Y no quiero saberlo.

— ¿Por qué no viene con nosotros en Navidad?

— ¿Navidad?

— Me imagino que habrá oído hablar de la Navidad.

— Algo he oído. Tengo entendido que hay rebajas durante esa época del año, y tú ya sabes lo que opino de las rebajas. Subastas de desechos. Cosas que nadie quiso, pasó por alto o, peor aun, devolvió. No me mezclo en esas cosas.

— ¿Ha terminado?

— Apenas he empezado.

— Mire, Bárbara. Esto es a lo que he venido. Alex y yo vamos a ir a su casa en Hancock Point. Nos encantaría que viniera con nosotros, junto a Alexa y Daniella.

Echó la cabeza hacia atrás.

— ¿Por qué quieres convertir la mañana en una tragedia de Shakespeare en la que todos y todo muere? Primero, te presentas como si no fueras la mujer refinada que podrías ser, luego me cuentas que Alex y tú estáis explorando el mundo de la perversión sexual y, por si fuera poco, quieres convencerme de que vaya con mis hijas de vacaciones a algún infierno, por muy helado que esté, perdido de la mano de Dios.

— Maine es una preciosidad esta época del año.

— Está desolado, frío y solitario.

— De ninguna manera. Usted ha estado en Hancock Point antes.

— ¡En verano!

— De acuerdo, pero dele una oportunidad al invierno. ¿Qué tiene que perder? ¿Qué otra alternativa tiene? ¿Quedarse con sus hijas otra Navidad en la ciudad? ¿Ir a otro restaurante y tener una conversación incómoda acerca de los chicos? Ya veo la diversión. ¿Por qué no prueba algo nuevo? Dele a sus hijas algo nuevo que recordar.

— ¿Con resentimiento?

— Está insoportable esta mañana. Venga. Hablemos en serio por un minuto. Se acabaron los chistes, ¿de acuerdo? Queremos que vengan porque queremos celebrarlo con ustedes. Son nuestra familia. Los queremos y queremos celebrar estas vacaciones juntos. Pondremos el árbol y les enseñaré cómo hacer la sidra caliente que hacía mi abuela. Pasaremos una Nochebuena inolvidable. Abriremos los regalos el día de Navidad por la mañana y luego, más tarde, prepararemos la comida de Navidad. Hay suficientes habitaciones para todos. Ya lo sabe.

Una vez que nuestro cotidiano duelo inicial hubo terminado, su expresión se había suavizado. Movió la cabeza de un lado a otro.

— No sé —dijo—. Las niñas tienen amigos aquí. Querrán pasar tiempo con ellos después de meses sin verlos. Durante años, he puesto el trabajo por delante de Alexa y Daniella. Aun me guardan rencor por eso, pero estoy tratando de mitigarlo. Quiero que estén felices de venir a casa. Quiero tener una mejor relación con ellas.

— Quizás sin las distracciones de la ciudad eso sea posible. No es que vayamos a estar allí una eternidad, solo unos pocos días. ¿Qué podría pasar? Sus vacaciones serán hasta mediados de enero, lo que significa que pasarán la Nochevieja en la ciudad, que es cuando realmente quieren estar aquí. —Me miró sin responder—. Quiero pasar la Navidad con usted —dije—. Ya sabe que es mi seno materno de alquiler.

— Preferiría que no me lo presentaras así. Me hace sentir una mujer objeto. Peor, me hace parecer una *hippy*.

— Me gusta provocarla.

— ¡Y lo haces tan bien!

— ¿Y usted no? ¿Por qué no llama a sus hijas ahora mismo para ver qué les parece?

Se recostó en su sillón.

— De acuerdo, Maine. Mira, te voy a ser sincera. Me halaga que pensaras en nosotras, pero mis hijas pueden ser difíciles, lo que probablemente no te sorprenderá siendo yo quien les dio a luz.

— No pueden llegar a tanto.

— A veces no. A veces pueden ser cariñosas. Pero pueden ser también maleducadas, especialmente Daniella, algo que no estoy dispuesta a tolerar porque ya son mayores y deberían saber cómo comportarse. Les pasé muchas cosas cuando eran niñas, pero ya no lo son y no les tolero ninguna pataleta. Ellas lo saben bien.

— No hay problema entonces.

— Puede haberlo. Depende del humor con que se encuentren. Ya te he contado que mi relación con ellas está dañada. A pesar de eso, han decidido pasar las vacaciones conmigo y no con su padre. Eso me da esperanzas de que podamos revertir las cosas. Prefiero no echar a perder la oportunidad.

— Preguntarles no va a echar a perder nada. Obligarlas sí. ¿Cree que se habrán levantado ya?

— Como su madre, las dos son madrugadoras. Ya se habían levantado cuando salí de casa.

— Entonces, pregúnteles. Si no quieren, no hay más que hablar. Si quieren, estaremos encantados. Pero nos gustaría que se lo preguntara para ver qué les parece. Será lo que ellas digan. ¿Trato hecho?

— Está bien. De acuerdo.

— Le prometo que lo pasará bien.

Levantó el teléfono.

— Más te vale. Van a estar de un humor de perros si no. Y todos lo pagaremos caro.

— Quizás las tres puedan cocinar algo juntas.

— ¿Y dejar que me vean vencida? Nunca. Hierbas y hielo para mí. Ya sabes que no cocino.

— También sé que usted no conoce límites y quizás a sus hijas les gustaría verla cocinar algún plato típico de Navidad.

Pareció hacer una pausa cuando dije eso. Inmediatamente empezó a teclear números y levantó un dedo indicándome que guardara silencio.

— ¿Alexa? —dijo—. Soy mamá. No, no, no pasa nada. Te llamo para hablar. No, Alexa, el apocalipsis no está a punto de comenzar. Quería haceros a ti y a tu hermana una pregunta. ¿Puede ponerse Daniella en la otra línea? Espero.

Me miró y levantó las cejas queriéndome decir que había perdido la cabeza. Con los labios le di las gracias. De la misma forma, me dijo que probablemente me iba a arrepentir.

— ¿Daniella? —dijo— ¿Eres tú? No, no es ninguna emergencia. Escucha, quiero preguntaros una cosa. Sed completamente honestas conmigo porque haré lo que me digáis. ¿De acuerdo? En serio. Lo que digáis. Alex nos ha invitado a su casa de Maine a pasar la Navidad. Solo unos días. Seremos Jennifer, Alex y nosotras tres.

Quise decirle que también habíamos invitado a Lisa y a Tank, pero como aun no nos habían confirmado lo dejé pasar hasta que lo supiéramos con seguridad.

— Me imagino que en uno de los jets de la compañía. Sí, claro. Las dos sois mayores de edad. Podéis beber. Hará mucho frío, naturalmente. No sé. Un segundo. —Me miró—. ¿Tendrían habitaciones separadas?

— Compartirían una.

— Eso no va a funcionar —dijo poniendo la mano sobre el auricular.

— Dígales que tiene una espectacular vista del mar, baño privado y una gigantesca chimenea de leña.

— Compartiríais habitación. Lo sé, lo sé, pero atendedme, tiene una espectacular vista del mar, baño privado y una gigantesca chimenea de leña. ¿Cómo? Sí, abriremos los regalos allí, y tendremos una comida de Navidad en familia, aparte de conversación y copas el día de Nochebuena.

Podía oír a sus hijas al otro lado del teléfono.

— Sí, estaréis en casa para la Nochevieja. Esto es solo para la Navidad.

Oí algo más al otro lado y vi cómo a Blackwell se le salían los ojos de sus órbitas.

— ¿Que queréis que haga la cena?

Me miró y le indiqué con la mano que se calmara, que yo podía ayudarla.

— Está a salvo. Yo sé cocinar —susurré.

— Por supuesto que haré la cena —dijo—. Segurísima. Ya sé que no cocino mucho, o nada, pero vuestra abuela me enseñó bastante de cocina cuando yo era más joven. Sí, Daniella, entiendo que eso fue hace un siglo. ¿Así que os he entendido bien? ¿Queréis que vayamos? ¿De verdad? Entonces, hecho. Pasamos la Navidad en Maine. Ya os contaré más detalles esta noche. Ahora pasadlo bien de compras, tenéis mis tarjetas de crédito. Derrochad todo lo que queráis. Sí, hasta en Cartier, pero dentro de un orden. Hablamos esta noche.

Colgó el teléfono.

— Me parece que iremos. Hasta parecían entusiasmadas. Adoran a Alex, siempre lo han adorado, pero también quieren conocerte a ti.

— Estoy más que contenta — dije—. No sabe cuánto.

— Te lo he advertido, Maine. Conozco a esas dos. Vas a arrepentirte.

— Lo veremos.

— Quieren que cocine por una razón, ¿sabes?

— ¿Qué razón? Yo puedo ayudarla.

— Porque raras veces he cocinado para ellas. Me han lanzado un reto. Saben que no sé cocinar. Me están poniendo a prueba. Pero ya les enseñaré yo a ellas. Voy a aprender cómo hacer una cena típica antes de ir.

— Pero... Hay mucho que aprender para eso.

— No se van a salir con la suya. Tengo que ganarles. Tengo que probarles que están equivocadas y darles una lección. Me leeré todo lo necesario sobre qué preparar y cuándo prepararlo y lo cocinaré yo misma, tanto si lo arruino como si no. Probablemente lo primero. Si tengo que recurrir a ti, lo haré.

— Una cosa más —dije.

— ¿Qué otra cosa?

— Voy a pedirles a Lisa y a Tank que se unan a nosotros, así que puede que tenga que cocinar para siete. Si Tank tiene planes con su familia, entonces seremos solo seis. Así que cuente con seis o siete comensales.

Blackwell echó los hombros hacia atrás y me miró fijamente.

— ¿Cuándo salimos?

— El veintitrés.

— Falta poco. Necesito empezar a ver esos programas de cocina en el canal culinario ese. He visto alguno con anterioridad, pero por pura curiosidad. Pero no apetece que esa italiana canija me enseñe nada. Prefiero a la gorda, a la tal *Contessa*. A una cocinera rolliza obviamente le encanta su propia cocina, así que tiene que ser buena. Y he sabido por amigos míos que la conocen en Hampton que de hecho es muy buena. Haré lo que ella diga.

— Sus amigos están en lo cierto, es muy buena. Pero necesitará cocinar de todo, desde las tartas hasta el pavo. Es demasiado para una sola persona. Yo la ayudo. Alex también puede, es un gran cocinero. Podemos ensayar una cena en su apartamento una noche. Quizás este sábado. Los tres, mientras sus hijas están fuera con sus amigos. Podemos sumar lo que mi abuela me enseñó, lo que su madre le enseñó a usted, lo que Alex aprendió de su cocinera, Michelle, y veremos qué sale. Será un ensayo, pero esperemos que sabroso.

— ¿Tú sabes cocinar?

— Soy una chica de Maine. Claro que sé cocinar.

— No sabía que Alex cocinara. Su madre, ciertamente, no le enseñó.

— ¿No me ha escuchado? Aprendió de Michelle, a quien considera algo así como una figura materna. Lo hace muy bien.

Se lo pensó por un instante.

— Me encargo yo de todo. Voy a probarles a mis hijas que me basto para hacerlo. Cuando éramos solo Charles y yo siempre salíamos a comer el día de Navidad. Yo odiaba cocinar porque no se me daba bien. Las pocas veces que lo intenté Charles no disimuló su desagrado, así es que desistí porque me cansé de sus insultos. Nunca antes había cocinado una comida de Navidad en regla para mis hijas, que es por lo que probablemente me han retado. Ya que seguimos adelante con esto, voy a demostrarles que su madre puede hacerlo, y sin ayuda.

Pobre, no sabe en la que se está metiendo. Pero tenía que apoyarla porque podía percibir lo importante que era para ella.

— Estoy muy orgullosa de usted —dije.

— Ya veremos lo orgullosa que estás en Navidad, cuando sirva el pavo quemado y las tartas reblandecidas. Pero voy a hacerlo lo mejor que pueda, y tú y yo sabemos que no me gusta perder. Nunca. Os pediré ayuda a Lisa y a ti solo en caso de que sea absolutamente necesaria.

— Allí estaremos.

— Sí, pero solo os usaré en caso de emergencia.

Sonreí, pero no dije nada más. Siendo una mujer que no había cocinado nunca una comida tan elaborada, teníamos todas las probabilidades de llevarnos a la boca algo incomestible si no nos dejaba intervenir a Lisa y a mí.

CAPÍTULO TRES

EN MI OFICINA TUVE que tratar varios asuntos antes de que pudiera llamar a Lisa. Cuando lo hice, me respondió al segundo timbrazo.

— Zombis Anónimos —dijo.

— ¿No te alegras de que haya identificador en el teléfono?

— Mucho. ¿Qué pasa? Te eché de menos anoche.

— ¿No viste a Tank?

— Desgraciadamente, no.

— Pero creía que ese era tu plan.

— Debió surgir algo, me supongo.

— Si hubiera sabido que ibas a estar sola, me habría quedado en casa —le dije sinceramente—. Tú y yo apenas pasamos tiempo juntas.

— No te preocupes. Lo entiendo. Tienes que estar con Alex todo el tiempo que puedas, especialmente después de todo lo que os ha ocurrido. No es ningún problema. Francamente, me puse a escribir, que es lo que ahora mismo me hace más feliz.

— ¿Cómo va el nuevo libro?

— Casi terminado el primer borrador.

— Eres una bestia.

— No, mis personajes lo son. Yo soy tenaz. ¿Qué hay de nuevo? Me sorprende que me llames durante horas de trabajo.

— Quería saber qué vas a hacer en Navidad.

— Estaba pensando preguntarte lo mismo. Sé que quieres estar con Alex. Será vuestra primera Navidad juntos. Estaba pensando quedarme en casa trabajando en mi libro, o pasarla con Tank si es que le apetece, o ir a visitar a mis padres. Hace meses que no los veo. Debería visitarlos en algún momento.

— ¿Te apetecería venir a Maine conmigo?

— ¿Para pasarla con nuestros respectivos padres?

— No, por favor. No con los míos, desde luego.

— Ya me parecía. ¿Qué es lo que tienes pensado?

— Ya sabes que Alex tiene una casa en Hancock Point. Nos gustaría que vinieras, junto a Blackwell y sus dos hijas, para celebrarla con nosotros allí.

— ¿Blackwell y sus hijas?

— Sí, vienen. Lo he conseguido.

— ¿Y Tank?

— Alex va a hablar con él hoy. Sabemos que es de algún estado del Medio Oeste. Quizás tenga ya planes. Pero si no, quizás venga con nosotros. ¿Sabes tú si tiene algún plan?

— No le he preguntado. Esperaba que él me preguntara a mí.

— ¿Y aun no lo ha hecho?

— Aun no. Ni siquiera una mención acerca de Nochevieja. No lo entiendo, Jennifer. Hace unas semanas estaba todo obnubilado y cariñoso conmigo cuando cenamos contigo y con Blackwell en casa de Alex. Creo que dio las gracias dos veces cuando me vio. Desde entonces, las cosas se han enfriado un poco.

— ¿Por qué?

— ¡Quién sabe! Yo, desde luego, no. Pero sigo intentándolo.

— No lo entiendo.

— Yo tampoco. Es un hombre complicado. Creo que aun está escaldado por el engaño de su ex novia. Si es eso, entonces lo entiendo. La relación duró cinco años. Pero yo no soy ella.

— No, no lo eres.

— No sé si esto va a funcionar. Realmente me gusta, no es solamente atracción, pero los dos arrastramos demasiado lastre de relaciones pasadas.

— Si accediera a venir, ¿cómo te sentirías?

— Me haría muy feliz. Sería un paso en buena dirección. Si fuera sabiendo que yo iba a estar allí, demostraría cierto interés por su parte.

— Esto ha sido una montaña rusa para los dos. Me gustaría que las cosas fueran mejor. Es un buen tipo.

— Lo sé, no lo discuto, pero es lo que es. No puedo cambiarlos ni a él ni a la situación.

— No te des por vencida todavía.

— En algún momento tendré que hacerlo. Pero si va a Maine, ¿cuál es la situación con los dormitorios?

— Cada uno tendréis el vuestro.

— Mejor así.

— ¿Lo es?

— Mira, en este momento, si él tuviera alguna iniciativa, estoy más que lista para llegar ahí con él. Hemos estado saliendo durante meses ya. Es hora de que haya algo más que un beso al despedirnos. Es hora de dar un paso mucho más grande. O acabaremos siendo simplemente amigos.

— ¿Qué sientes cuando te besa?

— Una corriente de la cabeza a los pies.

— ¿Y crees que él también?

— De hecho, sí. Lo cual hace la situación mucho más exasperante.

— ¡Quién sabe! Quizás los poderes mágicos de la Navidad te traerán un buen polvo.

— Sí —dijo—. En una casa llena de gente para que oigan cada gemido y cada ruido.

— Oh, no —dije—. No has estado en la casa. Es grande. No gigantesca como otras casas de la costa, pero, desde luego, no es pequeña. Las habitaciones no están una encima de otra tampoco, sino distribuidas diferentemente entre los tres pisos, dos de ellas abajo. Esas podrían ser la tuya y la de Tank. Cada una tiene su propio baño. Si los dos decidís dar el siguiente paso, nadie se va a enterar a menos que empieces a aullar a la luna.

— Ya sabes que yo hago mucho ruido.

— Quizás tengas que contenerte un poco.

— Se apoda Tank. ¿Y te has fijado en su talla? Si todo está en proporción, que es lo que espero, puede destrozarme.

— Muérdete el labio inferior.

— Me haría sangre.

— Desahógate contra el colchón.

— Necesitaría muchos colchones. Sea como sea, cuenta conmigo —me dijo—. Realmente no me apetecía ir a casa a ver a mis padres. Esperaba hacerlo en la primavera o el verano, cuando salga el tercer libro y se cumpla un año desde que salimos de allí. Quiero que vean que estaban equivocados cuando nos dijeron que no aguantaríamos un año. Es importante para mí porque dudaron de que pudiéramos lograrlo. Así que, al menos, cuenta conmigo, aunque acabe siendo un estorbo para Alex y para ti.

— Mientras estés conmigo nunca vas a ser un estorbo. Además, ya te dije que Blackwell y sus dos hijas estarán allí. Alexa y Daniella son solo unos años más jóvenes que nosotras, así que somos todas de una edad parecida, lo cual es estupendo, aunque Blackwell me ha avisado de que pueden ser difíciles.

— Eso sí que es una sorpresa.

— Creo que exagera.

— ¿Blackwell? ¿Exagerando? Nunca lo hubiera pensado. Y, por cierto, si Tank declina la invitación, pobre Alex. Tendrá que soportar el peso de cinco mujeres.

— Será un regalo del cielo para él. Conociéndolo, lo llevará como si nada.

— ¿Cuándo crees que sabremos algo de Tank?

— Podría haber aceptado ya. Alex le iba a preguntar esta mañana, pero no he hablado con él todavía.

— ¿Vamos a hacer una comida típica de Navidad? Eso sería entretenido.

— Blackwell va a cocinarla, por decirlo de alguna manera.

— No. Imposible.

— Pues sí. Sus hijas la han retado indirectamente a hacerlo.

— ¿Si?

— Digamos que tienen sus historias, pero Blackwell quiere demostrarles que están equivocadas. Quiere probarles que es capaz de hacer una cena en regla de principio a fin. Nunca lo ha hecho antes y me ha dicho que es importante que les demuestre que tiene la capacidad de hacerlo.

— Eso es mucho trabajo para una sola persona, hasta para una con experiencia. Puede fracasar estrepitosamente.

— Eso mismo pensé yo. Le sugerí que tú y yo podíamos ayudarla, pero está decidida a hacerlo ella sola. Respeto su decisión, pero sabes que podría acabar abrumada. ¿Recuerdas toda la preparación? Nuestras madres solían hacer las tartas el día antes para centrarse en el plato principal al día siguiente. No creo que Blackwell sepa lo que le espera, pero es conocida por conseguir lo imposible. Conociéndola, leerá todo lo que le caiga en las manos y entrará en esa cocina armada de recetas y notas. ¿Será capaz de salir airosa? ¡Quién sabe! Estamos hablando de una mujer que mastica hielo para no comer. Aun así, no apostaría en su contra.

— No me gustaría verla avergonzada delante de sus hijas. Quizás nos deje ayudarla un poco —dijo Lisa.

— Ya veremos. Me dijo que, si las cosas se le iban de las manos, recurriría a nuestra ayuda. Pero estamos hablando de Blackwell. No sé hasta qué extremo llegaría antes de hacerlo. Es demasiado orgullosa. Tengo el presentimiento de que se encerrará hasta que el pavo o ella estén acabados.

CAPÍTULO CUATRO

CUANDO TERMINÉ DE HABLAR con Lisa, salí de mi oficina para ver si Alex estaba en la suya. Me dirigí a Ann, que estaba tecleando en su ordenador.

— ¿Está en su oficina? Si no está, no sigo.

— Sí está, y tengo el presentimiento de que se alegrará de verte.

Entré y cerré la puerta. Alex estaba sentado en su escritorio leyendo algo en el ordenador. Cuando me vio, se le iluminó la cara, se levantó y se acercó a mí. Pensé que estaba arrebatador con su traje de chaqueta gris y con la corbata roja que le había regalado la semana anterior. Me dio un beso en el cuello y luego en los labios y luego, para mi sorpresa, uno en cada seno.

— Te tomas muchas libertades.

— Es la época del año.

Nos dimos un beso largo antes de que yo recuperara la cordura. Un beso más, un roce más de su barba en el cuello y podría haber hecho conmigo lo que quisiera en el sofá.

— Alto ahí, vaquero.

— ¿Por qué?

— Porque estamos en mitad de ... ¡ayayay! ¿Por qué siempre me haces esto?

Me rozó con sus labios cerca del oído, una de las partes más sensibles de mi organismo, y luego me besó otra vez y me puso la mano entre las piernas.

— ¿Más tarde, quizás? —dijo.

— ¿Tenías que preguntarlo?

— Después de las acrobacias de anoche, creo que sí.

— Bueno, pues deberías saber la respuesta de todos modos. Aunque la próxima vez que hagamos esos, hagámoslo con la luz adecuada. Si van a mirarme, que me vean bajo la luz más favorecedora.

Se sonrió y me apretó el trasero. En cuanto mis pezones reaccionaron al gesto, me separé de él. Necesitábamos hablar.

— Portémonos bien y seamos considerados el uno con el otro —dije—. Si vamos a seguir con nuestros planes, tengo que pensar con claridad, y no puedo si me haces lo que me haces. Es imposible. —Señalé al sofá—. ¿No crees que estoy por encima de que me lo hagas ahí mismo?

— ¿No crees que estoy por encima de hacértelo doblándote sobre la mesa?

— ¿No crees que estoy por encima de revolcarme por el suelo mientras me saco la ropa?

— ¿No crees que estoy por encima de arrancártela antes de que puedas empezar a quitártela?

Cerré los ojos e intenté centrarme. Inútilmente.

— Lo has conseguido. Ahora solo pienso en hacerlo.

— Luego. Hablemos primero.

— ¡Ah, ahora él echa el freno!

— Creo que fuiste tú quien dijo que fuéramos considerados el uno con el otro.

— Muy bien, Blackwell y sus hijas son cosa segura.

— Estupendo.

— Pero hay un problema. Daniella y Alexa la retaron para que cocinara la cena de Navidad ella sola.

— Suena propio de ellas.

— Me dijo que podían ser bruscas.

— He tenido ocasión de comprobarlo.

— Me preocupa que le salga mal.

Alex se sentó en el brazo del sofá.

— Quizás nos sorprenda.

— Podría ser. Sé que quiere darles una lección. Lisa y yo estamos avisadas para salir al rescate, pero tengo la impresión de que quiere mantenernos al margen. Cuando decide hacer algo...

— ¿Viene Lisa?

— Sí, ¿y Tank?

— Allí estará.

— Loado sea Dios —dije—. A Lisa le preocupaba que no viniera.

— ¿Qué les pasa a esos dos? —preguntó—. Creí que todo iba bien.

— No sé. No hay duda que se gustan y que hay atracción entre los dos, pero ambos están escaldados. Superar eso requiere una gran dosis de fe, como bien sabemos.

— Quizás esto sea lo que necesitan.

— Eso espero. Le dije a Lisa que si Tank venía podían usar los dos dormitorios en la planta de abajo. Así, si pasa algo entre los dos, y roguemos para que algo pase entre los dos, podrían tener más privacidad.

— Me parece lógico.

— Así que parece que el plan sigue adelante. ¿Cuál es el siguiente paso?

— Yo me haré cargo de todo. Unas pocas llamadas y la casa estará lista para todos.

— Necesito hacer algunas compras. Es probable que tenga que privarte de Blackwell por un día si no te importa.

Se encogió de hombros.

— Sin problema. ¿Te llevarás a Lisa también?

— Absolutamente.

— ¿Las tres juntas? ¿De compras? —dijo—. La ciudad no está preparada para ese temporal.

CAPÍTULO CINCO

A LA MAÑANA SIGUIENTE, Blackwell nos llamó a Lisa y a mí a las diez en punto.

— Venga, señoritas —dijo a través del portero automático—. Hagamos lo que tenemos que hacer. Las tiendas acaban de abrir y tenemos mucho trabajo por delante. Estoy abajo, aparcada delante del edificio. Por supuesto. ¿Dónde iba a estar si no? ¿Detrás? Por favor. ¡Vamos! Tengo una hierba *quemagrasas* para Lisa y café americano para las tres, con un chorrito de expreso en cada uno. Vamos a estar imparables cuando lleguemos a Saks. ¡Deprisa!

Hicimos como ordenó. Cuando salimos del edificio, vimos una de las limusinas de Wenn esperándonos a la puerta. El día era frío, pero no helador, a unos cinco grados, sin brisa.

Un día perfecto para ir de compras, pensé.

— A todo lujo —dijo Lisa cuando vio el coche.

— Esto promete —añadí.

El chofer nos abrió la puerta.

— Gracias, Joe —le dije.

— Con mucho gusto, Sra. Kent.

Le guiñé un ojo.

— Prepárese para el temporal.

— Tengo entendido que se acerca uno.

— ¡Jennifer! —gritó Blackwell.

— Mejor me doy prisa —dije—. Si no, tendrá nuestras cabezas. —

Entré detrás de Lisa, me senté al lado de Blackwell y le di un beso en la mejilla, que ella toleró poniendo los ojos en blanco, mientras que Lisa se sentaba enfrente de nosotras.

— Los cafés están en los reposabrazos. Aquí están tus hierbas, Jennifer. Y Lisa, tus vitaminas. Sin rechistar. Tómatelas.

Y en esas, el auto partió.

CUANDO LLEGAMOS A SAKS, Blackwell me miró.

— ¿Te parece bien entrar aquí, después de lo que pasó? Podemos ir a otro lugar.

— Estoy bien.

— ¿Estás segura?

— Sí. De hecho, estoy encantada de volver. No he estado aquí desde que esa hija de puta me puso la navaja en el cuello. La vida se vive no bajándose del tren. Estoy bien.

— Así me gusta.

Y a partir de ese momento, Blackwell estuvo incontenible.

— ¿Tenéis cada una vuestra lista? —dijo cuando entrábamos del coche a la tienda, ya rebosante de gente.

— Las tenemos —dijimos al unísono.

— Bien. Este es mi plan. Todas queremos comprar algo para Alex y Tank.

— Y usted, para Alexa y Daniella —dije.

— Así es. Muy considerada de tu parte. Así que vayamos a ver qué encontramos para los chicos y luego nos encargamos de las chicas. Después, imagino, querremos separarnos y hacer otras compras por nuestra cuenta. ¿No? ¿Qué os parece?

— Perfecto —dije.

— Totalmente de acuerdo —concurrió Lisa.

— ¿Qué queréis comprar para los chicos? —preguntó Blackwell.

— Yo quiero comprarle un reloj a Alex —dije.

Lisa me miró.

— Yo quiero comprarle un reloj a Tank.

— Buena elección.

— Yo quiero comprarles gemelos, pero no aquí —dijo Blackwell—. Cartier. Pasaremos por allí luego. Veamos qué relojes hay por aquí y luego buscamos algo para las chicas. Y luego, a la aventura, cada una por su lado.

Dos horas más tarde, cuando salimos del edificio, cargando bolsas con ambas manos y con la cuenta bancaria significativamente menguada, Joe nos esperaba en la puerta con la limusina. Puso las bolsas en el maletero y se aseguró de separarlas para que no hubiera duda de cuál era de quién. De ahí fuimos a Cartier, donde Blackwell compró los más asombrosos gemelos con diamantes para Alex y Tank.

— Son divinos —dijo Lisa.

— Por supuesto que lo son. ¿Qué otra cosa esperabas de mí?

— Tiene usted un gusto exquisito, señora —dijo la chica detrás del mostrador.

— De nacimiento —respondió la Blackwell—. Lo llevo en las venas, que, como puede ver, son azules —dijo estirando los brazos a la altura de los hombros de la mujer, que miró las venas que serpenteaban las muñecas de Blackwell antes de mirarla otra vez a los ojos.

— Insólito —dijo.

Blackwell se llevó una mano a la garganta.

— Aparentemente, tú también lo eres. Querida, acabo de decir la mayor estupidez del mundo y ni has pestañeado. Aquí tienes mi tarjeta —dijo, a la vez que metía la mano en el bolso y sacaba una—. Llámame si alguna vez necesitas un trabajo en la Wenn.

— ¿Wenn Enterprises?

— ¿Qué otra Wenn conoces en la ciudad?

— La Wenn, entonces. Lo haré.

— Por favor. —Nos miró a Lisa y a mí—. Ahora, tengo que pediros que vayáis a esperarme en el coche. —Levantó la cabeza—. Es probable que necesite hacer alguna compra adicional y ninguna de la dos puede estar aquí mientras lo hago. Así que, largaos.

CUANDO BLACKWELL VOLVIÓ al coche, veinte minutos más tarde, le dio a Joe las bolsas, esperó que le abriera la puerta y se metió en el coche.

— Supongo que tendréis hambre —dijo.

— Me apetecería comer algo —dije.

— Por supuesto. No hacía falta preguntarte, Jennifer. ¿Y tú, Lisa? Mi perfecta talla cero, ¿podrías tolerar un bocadito? ¿O aun eso es demasiado para ti ahora mismo? Algo de lo que Jennifer debería tomar nota.

— Me muero de hambre.

— ¿Cómo os las arregláis las flacas como tú? Nunca lo entenderé.

— Vayamos a comer —dijo Lisa— ¿Adónde?

— Jennifer se acordará de esto. —Se volvió a mí—. El hospital presbiteriano de Nueva York, el día que tuvimos nuestra pequeña conversación en la cafetería. Un joven nos hizo unas hamburguesas con patatas fritas en aquel agujero lleno de enfermedades y olores. ¿Lo recuerdas?

— Por supuesto. —Hice una pausa para recordar su nombre— Charlie, ¿no?

— Charles. Su nombre es Charles. Ningún chef que se aprecie puede llamarse Charlie. Pero sí, antes respondía a Charlie. Ahora es quien es, Charles.

— Quería enviarlo a una escuela de cocina.

— Lo hice a través de la Wenn, y esa es una de las razones por las que adoro la compañía. Cuando veo talento, puedo hacer algo. No me mires así, Jennifer. Ni se te ocurra mirarme con ojos de cordero degollado.

— Mis disculpas. Muy generosa por su parte.

— Lo que tú digas. Ese hombre tenía talento y se merecía una oportunidad. Hace poco me mandó una nota diciéndome que cuando no tiene clases, trabaja de aprendiz en JoJo, el coqueto restaurante francés en la Calle 64 Este, y que debía pasarme un día por allí. Antes de salir de Cartier llamé para ver si estaba hoy en la cocina, y está. Propongo que vayamos allí a comer, probemos su comida y veamos qué tal está. ¿Os parece bien, chicas?

Me limité a mirarla y sonreír

Blackwell levantó el mentón y habló con el conductor.

— A JoJo —ordenó. *Tout suite.*

DOS HORAS DESPUÉS, cuando el almuerzo había terminado, Blackwell preguntó a nuestro camarero si podía hablar con Charles, que surgió de detrás de las cortinas estampadas que separaban las dos áreas del comedor. Llevaba un delantal blanco manchado y era todo sonrisas. Había cambiado desde la última vez que lo vi. Parecía feliz, y eso lo cambiaba por completo.

Mientras Blackwell se enredó en conversación con él, la oí preguntarle por las clases, si le gustaban y si sus notas eran buenas; si le parecía provechoso lo que estaba haciendo y qué pensaba hacer una vez que terminara en la escuela, y lo orgullosa que se sentía de que hubiera seguido su consejo y saliera de aquel hospital.

— No podía soportar la idea de verlo pudrirse allí —le dijo.

— Gracias a usted, no tengo que hacerlo.

— Con tanta bacteria cociéndose alrededor, es un milagro que saliera con vida de allí. Dios mío, podría haber sucumbido a los estafilococos.

— Me parto de risa con usted, Sra. Blackwell.

— ¿Por qué siempre me dicen eso?

— Porque es usted divertida.

— Ciertamente no, no soy divertida. Soy seria, por encima de todo.

— Es divertida —le dije a Charles—, y lo sabe. No se deje engañar.

— Ni siquiera sé lo que eso significa —dijo Blackwell.

— Los que la quieren lo saben.

— ¡Por favor! —Miró al joven—. Charles, Charles, Charles, cómo odio estar rodeada de sentimentales. Un sufrimiento más que la vida pone en mi camino.

— Se acerca la Navidad —dije—. Vaya acostumbrándose, Bárbara.

Me miró con ojos entornados.

— No digas una palabra más. —Cuando se volvió a Charles, su expresión se suavizó— Es usted un gran tipo, Charles, aunque comparta nombre con mi ex marido, una persona horrible a quién la víbora que lo trajo al mundo debería haberse comido vivo. Pero no lo voy a usar en contra suya, por supuesto. Puedo ver el futuro que tiene por delante y es algo excepcional. Veo estrellas de Michelin. ¿Qué es lo que nos ha cocinado hoy?

— ¿Qué es lo que han comido?

Una por una, le dijo lo que habíamos pedido.

— Hice las ensaladas. Yo hice su ensalada de langosta —me dijo.

— Estaba deliciosa.

— Las ensaladas estaban divinas —dijo Blackwell—. Tan ligeras. Tan frescas. Sin demasiado aceite y con la cantidad justa de vinagre y limón. Sublime, sublime, sublime. Enhorabuena. Bien hecho, mi futuro famoso chef.

— Gracias, Sra. Blackwell.

— Me alegro de que esté en la escuela y de que haya tenido la suerte de ser aprendiz aquí. Las dos cosas le abrirán las puertas. Ya lo verá.

— De verdad agradezco lo que dice.

— Yo no hice que esta pasantía ocurriese. Usted lo hizo, lo cual dice todo lo que tengo que saber acerca de usted. Mi querido joven, siga trabajando duro, aprendiendo cosas nuevas y le sorprenderá ver cómo el mundo se abre ante usted. Estoy impaciente por verlo. Y recuerde, nunca va a saber cuándo voy a volver de nuevo —dijo quitándose la servilleta del regazo y poniéndola sobre la mesa—. Después de esa ensalada que ha hecho a la perfección para mí, es posible que vuelva con el apetito suficiente. Así que, mientras tanto, aprenda a escalfar el salmón. Porque, cuando vuelva, es lo que voy a pedir.

CAPÍTULO SEIS

SALIMOS PARA MAINE un lunes, solo dos días antes de Navidad, pero con tiempo suficiente para comprar comida en el Hannaford de Ellsworth, cortar un árbol en la finca de Alex, decorarlo con lo que encontráramos a mano en la casa, e instalarnos.

Quedamos en encontrarnos en el edificio de la Wenn, y allí es donde conocimos a las hijas de Blackwell. Me parecieron muy guapas, rozando lo exótico. Sabía por Alex que la familia de Charles vino a los Estados Unidos desde la India dos generaciones atrás y lo que vi en Alexa y Daniella reflejaba sus ancestros. Parecían mellizas. Las dos parecían adorables, con un pelo largo y negro que brillaba con la luz. Tenían una bonita figura, la tez clara y ojos marrones oscuros con unas pestañas espesas por las que yo hubiera dado cualquier cosa.

— Me alegro de conoceros —les dije a ambas.

Alexa se acercó primero.

— Igualmente. Mamá nos ha hablado mucho de ti, Jennifer.

— Espero que bien.

— Más que bien.

— Y Daniella —dije acercándome a ella—, bienvenida. Me alegro de que vengáis con nosotros.

— Tu trasero es espectacular —dijo—. Tal como mamá nos contó. Me ruboricé al oírla.

— ¡Daniella! —dijo Blackwell.

— Es la verdad. Ya quisiera yo. ¿Cómo lo conseguiste?

— Deben ser mis genes canadienses.

— ¿Eso es todo?

— Bueno, eso y algunas patatas fritas.

— Eso lo explica todo —dijo con una sonrisa de complicidad—. Bien hecho, estás estupenda —dijo. Luego miró a su madre—. Tú te quedaste con el gen del trasero, así que necesito un cubo de patatas fritas y cualquier otra cosa que coma Jennifer. Quiero verme como ella.

— Tú estás perfecta como estás.

— Madre, por favor. Los chicos que realmente valen algo en la universidad ni se fijan en mí. Te lo he dicho. Necesito implantes aquí arriba o aquí abajo. Elige o me iré a vivir con papá, que me dará todo lo que le pida.

— Dudo que te de eso.

— Nunca se sabe. Los hijos de padres divorciados suelen salirse con la suya. Papá se lo puede permitir y yo quiero tener un trasero así.

— ¡Daniella! —dijo Alexa.

— Tengo que intentarlo.

Con esto, dijo mucho acerca de sí misma. No podía creer que estuviera chantajeando a su madre con lo del divorcio. Esa niña iba a ser difícil de mantener a raya. Como no había mucha diferencia de edad conmigo, esperaba que eso pudiera ayudar a Blackwell a manejarla mientras estuviéramos en Maine.

— ¿Estamos todos listos? —preguntó Alex.

— Yo sí —dijo Lisa.

— Yo también —dijo Tank.

— Por mí sí —dijo Alexa.

— Yo me quedaría en Nueva York —dijo Daniella—, pero necesito algo de drama y creo que lo voy a encontrar en Maine. Todo el mundo parece tenso. ¿Por qué están tan tensos? Mira a Tank y a Lisa, tensísimos. ¿Son pareja o no? En casa, mi madre se lo pregunta continuamente. Pero viéndolos ahora, creo que ni ellos lo saben, y en realidad lo que deberían estar haciendo es follar y pasárselo bien. ¿Soy la única que percibe la tensión sexual entre ellos? ¿No? Bueno. Ya verán.

Las de Tank van a hacer más ruido que las bolas del árbol mientras los demás intentamos dormir.

— ¡Daniella! —dijo Blackwell.

— Mamá, por favor.

— Ni por favor ni nada. No te pases.

— Seguro que no.

Vaya, vaya, pensé, mirando a Tank y a Lisa, que estaban horrorizados. *Son unos monstruos, en especial Daniella. Esto puede no acabar nada bien.*

— Hay cinco furgonetas repletas ahí afuera —apuntó Tank—. Será un milagro que todo quepa en un avión.

— Si necesitamos otro avión no será problema —dijo Alex en un intento de mantener la paz.

— ¿Y qué hay de la contaminación? —dijo Alexa.

— ¿De qué estás hablando? —dijo Blackwell.

— De gases nocivos. Deberíamos intentar meter todo en un avión. Así ayudamos a salvar el mundo.

— ¡Qué cuento tienes, Alexa! —dijo Daniella.

— No es cuento. Soy consciente de lo que pasa en el mundo mientras que tú solo te interesas en acostarte con unos y otros y crear problemas. ¿Cómo puedes ser tan superficial?

— Algunos piensan que soy muy profunda.

— Basta —dijo Blackwell.

— Es la verdad —dijo Daniella.

— Probablemente lo es —añadió Alexa—. Eres una cualquiera. ¡Qué triste!

— Lo triste es que no te hayas estrenado todavía.

— Mi elección.

— Eso o que no tienes suerte en el *amor.*

— ¡Por favor!

— Lo que tú digas.

Blackwell respiró hondo, me miró y sus ojos se abrieron de tal manera que supe lo que estaba pensando. Me estaba diciendo que me había avisado.

— ¿Cabrá todo en un avión? —preguntó.

Yo miré a Tank.

— Debería.

— Perfecto. Todo el mundo, vamos. En las furgonetas. Maine en dos horas. Necesito hacer algunas compras para la comida de Navidad cuando lleguemos, alguien tendrá que salir a buscar un árbol, seguido por quienquiera acompañarlo, para ponerlo el día de Nochebuena.

— Para mí solo cuenta el día de Nochevieja —dijo Daniella.

— Pero ahora vamos a tener una Navidad como debe ser —dijo Blackwell.

— ¿Como debe ser? —dijo Daniella—. ¿Sin nuestro padre y con un montón de extraños? ¿Así es como debe ser?

Y finalmente, una Blackwell exasperada había tenido bastante. Se acercó a Daniella y se inclinó sobre ella.

— Atiéndeme, mocosa —dijo en voz baja y fría—. Si quieres irte y estar con tu padre, hazlo. Te puedes ir ahora mismo. La puerta la tienes ahí y puedes cruzarla cuando quieras. Puedes irte y disfrutar de todos los buenos ratos que tu amado padre pasa contigo. Tú eliges. Pero si quieres venir, no estoy dispuesta a tolerar tus caprichos o tus impertinencias con ninguno de nosotros. O actúas con madurez y agradeces lo que te están ofreciendo o te quedas aquí. Lo digo en serio, me odies o no por eso. ¿Quieres actuar como una diva? Vete a otra parte. Muestra respeto a tu madre y, especialmente, a los que te rodean. Tu elección.

— Está bien —dijo con desdén—. Lo siento.

— Es mejor que lo digas como si lo sintieras de verdad o te quedas aquí. No bromeo. Tienes otra oportunidad, no te atrevas a echarme un pulso.

Miré a Daniella mirar a su madre, me pareció que estaba tratando de evaluar si Blackwell hablaba en serio. Cuando pareció llegar a la conclusión de que así era, dejó caer los hombros. Nos miró a todos.

— Lo siento, fui una maleducada. Especialmente con Lisa y Tank. Lo lamento. Es difícil ser hija de padres divorciados.

— No eres una niña. Eres adulta, y esto no tiene nada que ver con que me haya divorciado de tu padre. De hecho, creo que tú y tu hermana fuisteis las que lo estaban pidiendo a gritos.

— Sí, pero aun así es difícil.

— Entonces lo hablaremos en privado. Lo que suceda entre tu padre y yo no tiene nada que ver con mis amigos. Ahora, si quieres, puedes venir con nosotros. Pero si lo haces, tienes que entender que, en este momento, dada tu conducta, venir con nosotros es un favor que te hacemos. De otra manera, llamo a tu padre ahora mismo para que venga a recogerte y puedes quedarte con él y su novia, Rita, y seguro que lo pasarás muy bien.

— ¿Rita? No, es insoportable. Quiero ir contigo.

— Entonces deja tus tonterías para otro momento. No te eduqué para eso.

— Lo siento.

— Más te vale —intervino Alexa.

— Cállate, Alexa.

— Id a las furgonetas —dijo Blackwell—. Separadas. Y ni se te ocurra decirle otra vez a tu hermana que se calle, Daniella. Por mucho que quiera pasar las vacaciones con vosotras, no voy a tolerar malos modos de ninguna de las dos. Soy demasiado mayor para eso, y vosotras también. Francamente, si esto es lo que me espera, prefiero pasarla sola con mis amigos.

— ¿En serio? —preguntó Daniela. Parecía dolida.

— En serio. Mis hijas son ya adultas y no tienen rabietas. No quiero oír una palabra desagradable de ninguna de las dos en ese avión o en todo el viaje. Si lo hacéis, os envío de vuelta a vuestro padre. Y a Rita.

No os olvidéis de Rita. Vamos a pasarlo bien en Maine, no a aguantar a dos niñas consentidas. ¿Me oís?

— Está bien, está bien.

— Por Dios, mamá.

— Yo solo bromeaba con lo de Tank y Lisa.

— Me da igual. Disculpaos ahora mismo o no venís.

Así lo hicieron las dos... Y así empezaron nuestras vacaciones.

CAPÍTULO SIETE

UNA VEZ EN EL AVIÓN, ya en el aire, le pedí a Bárbara que viniera conmigo al dormitorio del jet para ver si le gustaba un traje que había elegido

— Necesito su opinión —dije—. No sé si el color es apropiado, pero usted lo sabrá. Quiero ponérmelo el día de Nochebuena, pero no creo que sea todo lo rojo que debería. Tengo otro que puede ir mejor. Es súper rojo.

— Por supuesto —dijo levantándose de su asiento.

Fuimos al dormitorio y cerré la puerta.

— No se trata de ningún traje.

— Me lo había figurado.

— ¿Está bien? Sé que quería estar con sus hijas y que todo saliera a la perfección.

— Por supuesto que lo quería. Pero tienes que saber, Jennifer, que no las crie de esa manera. Están empezando a aprovecharse de mi divorcio y no lo voy a permitir. Cuando quieren hacerme sentir culpable por romper mi matrimonio, necesito cortarlo de raíz, especialmente si se comportan como si lo merecieran todo por eso. Ya no son unas niñas. Son adultas. Espero que se comporten como tales o pueden irse a vivir su vida. ¿Quiero hacerlas felices y hacer para ellas una buena cena de Navidad? Por supuesto, aunque sea un reto. Pero no lo voy a hacer si continúan comportándose así y aprovechándose de mí. Las pongo de vuelta en el avión si es preciso. Van a hablarme, a mí y a todos, con respeto quieran o no. Me siento mal por lo que Daniella dijo de Lisa y Tank.

— Creo que supo muy bien cómo poner a Daniella en su sitio.

— Y ahora no me aguanta por eso. No puedo ganar. Quizás no debería haberle dicho nada delante de los demás, pero ¿qué elección tenía? Estábamos a punto de salir. No podía tolerar lo que estaba diciendo y no pude aguantarme.

— Yo habría hecho lo mismo.

— Lo cierto es que puede ser un encanto si quiere. Igual que Alexa. Espero que tengas ocasión de comprobarlo en estos días.

— Probablemente todos lo veremos. Quizás haya venido bien que la pusiera firme.

Se sentó en la cama y yo me senté a su lado. Era raro que Blackwell me mostrara emoción alguna y, ciertamente, nunca una derrota, pero ese día lo hizo. Podía adivinar que se estaba preguntando si había hecho lo correcto al aceptar nuestra invitación.

— Creo que manejó la situación con maestría, especialmente después de lo que dijo acerca de Tank y Lisa. Fue una grosería tremenda. Se merecía lo que recibió.

— Eso fue lo que rebosó el vaso. Lisa y Tank no se merecen eso. Nadie se lo merece si no han hecho nada para provocarlo. Si lo hubieran hecho, bien. Campo abierto. Pero Daniela quería hacerse la graciosa a costa de los demás. Simplemente. Y ni por un segundo me trago que su conducta tiene que ver con Charles y conmigo. Las dos me vinieron, hace años, a pedirme que pusiera fin a nuestro matrimonio porque estaban cansadas de discusiones. Ahora, simplemente, está intentado aprovecharse de la situación, algo que no voy a permitir. Es puro teatro. Cuando lleguemos a Maine, quiero disculparme con ellos privadamente.

Le di un beso en la mejilla.

— Volvamos a la cabina a escuchar viejas canciones de Navidad y a animarnos con una copita de champán. ¿Qué le parece?

— Quizás —dijo—. Quizás eso pueda alegrarles el día.

— Vamos a ver.

— No estoy segura. Mejor no darles más que una copa a cada una.

Y TODO FUE BIEN.

Durante una hora, más o menos, escuchamos música, bebimos champán y Daniella y Alexa nos acompañaron cantando las canciones que conocían. Cuando empezaron, busqué con la mirada a Blackwell, que estaba sentada al otro lado del pasillo. Las miraba confundida y exhausta. Nunca antes la había visto así, excepto las veces que fui su blanco en la Wenn. En cierto momento, cuando todo parecía que iba a ir bien, se giró y levantó su copa dirigiéndose a mí. Le respondí con un beso al aire.

Más tarde, cuando estábamos a punto de aterrizar, Alex me cogió la mano y la puso sobre sus piernas.

— Eres un milagro —me dijo al oído.

— No, no lo soy —dije en voz baja—. Simplemente me crie en una familia con más historias que la de Bárbara. Ojalá mis padres se hubieran divorciado. Como no lo hicieron, tuve que aprender a lidiar con todo lo que me tocaba. Todo lo que hice fue tener una pequeña conversación con ella. Quería que supiera que estaba de su lado y que siempre puede acudir a mí.

— A veces, por un amigo, es lo mejor que uno puede hacer —dijo—. Eso y escuchar. Especialmente escuchar.

— Te quiero —dije.

— Y yo te lo repito. Eres el amor de mi vida. No puedo esperar a decirles a todos que ya tenemos fecha. Y que quiero que Tank sea mi padrino. Y que tú quieres que Lisa sea la madrina. Ese es nuestro mutuo regalo de Navidad. ¿Se te ocurre otro mejor? ¿Compartir todo esto con amigos?

— No.

— ¿Te has fijado en Lisa y Tank?

— No. He estado demasiado distraída. ¿Qué pasa?

— Mírales las manos.

Así lo hice y sentí una chispa de esperanza.

— Están cogidos de la mano.

— Desde que nos sentamos en el avión.

— Quiero lo mejor para ellos. Quiero que tengan lo que nosotros tenemos.

— El tiempo lo dirá — dijo—. De momento, parece que están en buen camino.

CAPÍTULO OCHO

CUANDO LLEGAMOS A LA casa de Alex en Hancock Point, la nieve se amontonaba alrededor de la misma, pero nos habían abierto un sendero por la puerta de atrás, que miraba al mar. Vi que salía humo de las cinco chimeneas y una guirnalda colgando de la puerta, y supe que, de la misma forma, habrían limpiado la casa, llenado el frigorífico, cambiado las sábanas y quién sabía qué más.

— Qué suerte tenemos —dije cuando salí de la furgoneta.

— ¿Verdad que sí? —concurrió Alex.

— Más que eso. Mira todo esto. Mira la blancura de la nieve, y el olor de la madera quemándose en las chimeneas. Me encanta este lugar.

— Esto no se encuentra en Manhattan.

— Y mira el mar. Sin las hojas en los árboles aun puedes ver más desde aquí. Es tan diferente de cuando estuvimos aquí la última vez. No hay tanta luz. Es más imponente. Allí está Bar Harbor. Y allí el Monte Cadillac.

— ¡Qué maravilla!

Me recosté en él y hablé de forma que solo él pudiera oírme.

— Y ahí está la playa donde me tuviste por primera vez. ¿Te acuerdas?

— ¡Cómo podría olvidarlo!

— Me imagino que no se repetirá en este viaje.

— Te aseguro que puedo hacer frente al encogimiento —dijo—. Hasta en Islandia, que fue uno de tus retos, si no recuerdo mal.

Lo miré mientras que el resto salía de sus furgonetas.

— Lo recuerdo, pero ya no hay necesidad de que me lo demuestres. Estamos a siete grados bajo cero y solo es mediodía. No vamos a hacer nada en la playa. Si lo intentáramos sería algo más que un resfriado lo que cogeríamos.

— Así y todo, podría hacerlo.

— Me parece muy bien, Superman, pero prefiero esperarte en la cama esta noche. Ya sabes, con el fuego crujiendo a los pies.

— Te lo aviso, con ese fuego, vas a sudar muchísimo.

— Y para eso tenemos nuestro propio baño, con bañera y ducha.

— Puede que allí también me haga cargo de ti.

— Que estamos en Navidad.

— No podrás quitarte mis manos de encima.

Rodeé su cintura con el brazo y lo arrimé hacia mí mientras los demás admiraban la casa, la nieve, el mar y el olor a aire limpio dando suspiros de satisfacción.

— Lisa es la única que lleva zapatos apropiados —dije—. En cuanto a las chicas se refiere. Tank lleva botas. ¿Qué llevas tú? Ni siquiera me he fijado.

— Las mismas botas que Tank. Me las compró él.

— Es un buen amigo. Son las botas que usan en la construcción. Tienen algo de erótico. Probablemente acabemos en la playa después de todo.

— No hagas promesas que no puedes cumplir.

— O quizás puedas ponértelas esta noche. Ya sabes, en el dormitorio.

— Puedo hacer el papel. —Levantó la barbilla—. Mira a Blackwell.

— Pobre. Es como si hubiera aterrizado en la luna. Mejor que la ayude, y a sus hijas, a pisar firme. Ninguna está vestida para la ocasión.

Me acerqué a ellas.

— Señoras —dije—. Síganme. Miren donde pisan. Nos han abierto un sendero y parece que también le han puesto sal. Es seguro.

— ¿Qué infierno es este? —dijo Blackwell mientras hacía equilibrio hasta llegar a la casa—. Míralo. No apto para seres humanos. De seguro que encuentran cadáveres cuando llega la primavera.

— La sal me va a arruinar los zapatos —sentenció Daniella.

— Tómatelo como una aventura —le dije.

— ¿Una aventura que arruine mis Blahniks?

— Quizás Papa Noel te traiga otro par.

— Lo siento. Es verdad. Se supone que tengo que ser buena o me vuelvo al avión.

Fue entonces cuando decidí echarle un brazo sobre los hombros.

— Daniella, no nos conocemos de nada, pero me gustaría llegar a conocerte. Tu madre me ha hablado mucho de ti, especialmente de tus estudios en la universidad.

— ¿De verdad? —dijo torciendo la expresión.

— Claro. Te queda un año, ¿verdad? Eso me parecía. Yo acabé el mayo pasado mi master en administración de empresas. No hay mucha diferencia de edad entre las dos y tengo que decirte que, por esa razón, Lisa y yo nos alegramos mucho de saber que ibais a venir. Finalmente, alguien de nuestra edad con quien poder hablar.

— Pero pareces mucho mayor que nosotras.

No me di por enterada.

— No mucho. Dos o tres años. Espero que podamos ser amigas.

Antes de que pudiera contestar oí la voz de Alexa.

— Mira, mamá. Mira las chimeneas. Energía ecológica.

— A mí me parece humo —dijo Daniella—. ¿Qué crees que hace eso a la atmósfera? Cosas horribles. Contaminación es contaminación. A ver si te enteras de una vez.

— Al menos no es un derivado del petróleo —contestó—. El mundo se está quedando sin petróleo. La madera es ecológica.

— Si vas a seguir convirtiéndote en una hippy trasnochada, al menos infórmate. Es la energía solar la que te tiene que endurecer los pezones de gusto. Al mundo se le va a acabar antes el aire con todo ese humo en la atmósfera. No es que me importe, pero, por amor de Dios, si vas a ser hippy selo de verdad, no un simulacro.

— No soy un simulacro.

— No sabes nada de nada. Todo es una pose.

— ¿Una qué?

— ¿Lo ves? Ni siquiera sabes lo que eso significa.

— Se lo preguntaré a Siri.

— ¿En serio? No te puede entender la mitad de las veces.

— Bueno —le dije a Daniella antes de que Alexa pudiera responder—, me alegro de que estés aquí.

— ¿Estás segura?

— Pues claro.

Levantó los ojos y pareció tomar una decisión en ese momento.

— Mira, lo siento si me comporto como una mula. Esto no lo sabe nadie, ni siquiera mi madre, pero tú eres una extraña, así que no me importa. A veces es más fácil hablar con extraños.

— ¿Qué sucede?

— Mi novio me ha dejado justo antes de salir de vacaciones. Me ha plantado después de dos años de haberme dedicado por entero a él. Que se vaya a la mierda. Y ya que estamos, que me maten. Aun lo quiero. No debería pagarla con el mundo, especialmente con Lisa y Tank, pero así están las cosas. Intentaré comportarme—. Miró por encima de su hombro hacia donde Tank y Alex acumulaban el equipaje de las furgonetas—. Debería disculparme con ellos personalmente. Lo que les dije en Nueva York fue realmente inaguantable.

— ¿Por qué no lo dejas para otro momento? —le sugerí, previniendo que pudiera decirles algo peor, aunque no fuera su intención—. Ya te has disculpado, y siento mucho lo que te ha pasado, Daniella, mucho más antes de las vacaciones. Tu ex es un imbécil. Mírate, por Dios. Eres guapísima. No le va a ser fácil encontrar otra igual.

— Lo sé. ¿Verdad que sí?

— Totalmente.

— Mamá me dijo que eras súper agradable. Por una vez, creo que tiene razón. Espero que lleguemos a ser amigas.

— Ya lo somos. Puede que hasta te prepare el martini perfecto esta noche.

— Nunca he bebido un martini

— ¿No?

— No. Siempre bebo un *cosmo*.

— Un martini es mucho mejor. No hace mucho, una extraña que luego se convirtió en una gran amiga me dijo una vez que me prepararía uno tan suave como la seda y tan frío como enero. Y así lo hizo, cuando más lo necesitaba. Me toca a mí contigo.

— Sin problema.

— Dalo por hecho. Y ahora, ¿por qué no te quedas aquí para no arruinar tus zapatos mientras que yo le echo una mano a los chicos con el equipaje? Tenemos mucho. Les ayudaré a entrarlo en casa.

— Yo puedo ayudar.

— Ayuda a tu madre. Apenas puede caminar. Creo que te lo agradecerá.

— Sí, quizás debería hacer algo por ella.

Y así, Daniella se alejó de mí. Fue hacia su hermana, le dijo algo al oído y oí a Alexa.

— Lo entiendo. No te preocupes. Estás de mala leche. Se te pasará.

— ¿Necesitas ayuda, mamá? —preguntó Daniela.

— ¿De ti? Vade retro. Sé lo que te propones. Me empujarás.

— Seguramente. Dame el brazo de una vez. Siento que me portara así antes.

— ¿Qué te ha dado?

— Ya te lo contaré. He tenido unos cuantos malos días.

— ¿Y por qué no me has dicho nada?

— No lo sé. Probablemente porque todo está fresco todavía.

¿Habíamos evitado una crisis? No estaba segura, pero de verdad esperaba que así fuera. Por supuesto, estaba equivocada.

CAPÍTULO NUEVE

YA EN LA CASA, Y DESPUÉS de haber desempacado las maletas en nuestros respectivos dormitorios, Blackwell anunció que alguien tendría que llevarla al supermercado.

— ¿Quién es el valiente? —preguntó—. Tengo que cocinar algunas cosas y necesito comida para hacerlo.

— Yo puedo llevarla —dijo Tank.

— Me imagino que estamos a horas de una tienda, la más cercana está ¿dónde? ¿En Boston, probablemente?

— Estamos a unos treinta minutos del Hannaford en Ellsworth.

— ¿Pero qué clase de nombre es ese para un pueblo? ¿Y qué es el Hannaford?

— Es una cadena de supermercados en Maine —le expliqué—. Son muy buenos. Encontrará todo lo que necesita allí. Especialmente allí. Suelen surtir a gente como usted.

— ¿Qué quieres decir con eso de gente como yo?

— Veraneantes.

— Pero aparentemente, soy parte de los *invernantes*.

— Muchos de los veraneantes vuelven por Navidad.

— Deben quererse poco. En fin —le dijo a Tank—, deberíamos irnos ya. Tengo listas de compras esperándome. Y necesito tus musculazos bronceados para llevarme las bolsas y empujar el carrito. Aprovechando que voy, ¿quiere alguien algo especial?

— Paz en el mundo —dijo Alexa.

Blackwell la miró y parpadeó.

— ¿Qué te ha pasado? —dijo—. ¿Quién ha secuestrado a mi hija?

— Nadie. Me ha nacido conciencia social.

— Hija mía, lo siento. Menudo desengaño te vas a llevar. Pero cuentas con mi aprobación, ya los sabes.

— ¡Quién lo diría!

— Pues es cierto.

— Hice que surtieran la casa ayer —dijo Alex—. Tenemos comida, aperitivos, vino, licores, de todo. Debería mirar en el frigorífico y la despensa antes de salir.

— Lo haré, pero mi lista está llena de exotismo. Debería habértela dado cuando les pediste a tus elfos que te hicieran la compra. Pero bueno, quizás sea mejor que elija personalmente. Mientras me informaba acerca de la comida de Navidad, descubrí que hay que prestar atención a los pequeños detalles. No sé. Fecha de expiración y cosas así.

¿Lo decía en serio? Crucé la mirada con la de Lisa y ve en ella una expresión de pánico, pero preferí ignorarla. Si la cena de Navidad se arruinaba siempre nos quedaba Crocker House, uno de los mejores restaurantes en Hancock Point. Decidí que haría reservas allí en caso de que necesitáramos un buen sitio para comer en el último minuto.

CUANDO TANK Y BLACKWELL salieron, me fui adonde estaba Alex, le pregunté si estaría dispuesto a entretener a las chicas por un rato y luego me llevé a Lisa aparte.

— Vayamos a ver tu cuarto —dije.

— ¿Y charlar?

— Me encantaría.

— Creo que deberíamos ponernos al día.

— No puedo estar más de acuerdo.

— No hemos hablado en mucho tiempo.

— Y hay tanto que contar.

Fuimos al piso de abajo, donde había una enorme sala de estar con una gran pantalla de televisión, una pequeña cocina con frigorífico y microondas, un bar y más que suficientes sitios donde sentarse cómodamente. Había también dos dormitorios, uno para Lisa y otro para Tank.

Fuimos a la habitación de Lisa, que tenía una vista espléndida al mar, al igual que la de Tank. Había una cama de matrimonio, las habitaciones estaban pintadas de gris azulado y los suelos de arce brillaban como si estuvieran recién pulidos, que lo estaban.

— ¡Qué bonita! —dije—. Me encanta la chimenea.

— Esto tiene que llevar al romance —dijo Lisa, cerrando la puerta.

— Te entiendo. ¿Ves lo que quería decir con que las habitaciones estaban completamente separadas del resto de la casa? Si algo pasa entre vosotros, tenéis absoluta privacidad. Por cierto, me di cuenta en el vuelo de que ibais de la mano.

— Fue él —dijo— ¿Te lo puedes creer? ¿Y lo viste besarme en el cuello?

— No...

— Pues lo hizo. ¡Me pareció tan dulce!

— Que el espíritu de la Navidad sea generoso y se deje caer algo para ti, como el cuerpo desnudo de Tank, por ejemplo.

Lisa miró al techo.

— Espíritu de la Navidad — dijo divertida—, ¿me oyes? Si pudieras hacerme el favor prometo que borro la escena donde los zombis se comen al cura.

— ¿Tienes una escena en tu libro donde los zombis se comen un cura? ¿Qué tienes contra los curas?

— A los más jóvenes les encantará, pero estoy dispuesta a sacrificarlo por una noche con Tank.

Se sentó al borde la cama y yo me senté en el sillón de piel en una esquina de la habitación, frente a ella.

— Cómoda —dije acerca de la silla—. Y como es piel, no se manchará.

— Eres tremenda.

— Solo estoy dándote ideas. ¿De qué hablasteis de camino aquí? Yo estaba demasiado ocupada tratando de mantener la paz entre Daniella y Alexa.

— Esas dos pueden acabar con nosotros.

— Lo sentí de verdad por ti y por Tank cuando Daniella empezó a hablar de las bolas de navidad y Tank haciendo ruido por la noche.

— Yo no. Esperaba que él la oyera. Esperaba que se diera cuenta de que a otros les parece que lo nuestro resulta un poco extraño. Mira, a estas alturas, estoy dispuesta a lo que sea.

— Por supuesto.

— ¡Han pasado meses!

— En cuanto a Daniella —dije—, es posible que no sea completamente un monstruo. Cuando llegamos aquí, se disculpó conmigo por su conducta en Wenn. No tengo duda que lo dijo sinceramente. Su novio la dejó justo antes de salir de la universidad para Nueva York, lo que explica su mal humor. Bueno, hasta cierto punto.

— Odio las rupturas.

— Afortunadamente, solo he pasado por una ruptura breve con Alex.

— ¡Qué suerte la tuya!

— ¿De qué hablasteis tú y Tank en el avión?

— Ya lo conoces. Es el tipo fortachón y silencioso, pero me dijo que se alegraba de que pasáramos la Navidad juntos. Y espérate, finalmente me preguntó qué iba a hacer para Nochevieja.

— ¿De verdad? Eso es bueno. ¿Qué le dijiste?

— Pues que no tenía ningún plan. Le dije que esperaba pasarla con él.

— ¿Y?

— Me preguntó si me gustaría salir a cenar ese día.

— Excelente.

— Por supuesto, le dije que me encantaría.

— Parece que vais por el buen camino.

— Ya hemos ido antes, pero siempre hay un alto y vuelta a empezar.

No lo entiendo. Solo espero que nuestros planes para Nochevieja no se vayan a la mierda.

Señalé la puerta cerrada al otro lado de la habitación.

— Sabes que las habitaciones se comunican, ¿verdad?

— Sí. Lo sé.

— ¿Qué pasó mientras deshacíais las maletas?

— Eso es lo trágico. Cuando bajamos, no creo que él supiera que había dos habitaciones. Alex no se lo dijo, algo totalmente intencional por su parte. Sin conocer la casa, los dos vinimos primero a esta habitación. Tank puso las maletas en la cama, las abrimos, yo me sentía en un universo paralelo porque no podía creerme lo que estaba pasando, y entonces es cuando vio la puerta. Fue para ver adónde daba y empezó a deshacerse en disculpas cuando se dio cuenta de que había otro dormitorio esperándolo. Quise decirle que había suficiente sitio para los dos aquí, pero no me atreví. Así que cogió sus cosas y deshizo la maleta allí. Quería llorar cuando salió.

— Algo tiene que pasar, definitivamente. Pero, ¿por qué está la puerta cerrada? ¿Quién la cerró?

— Él lo hizo.

— Pues ábrela. Mándale un mensaje.

Saltó al otro lado de la cama y abrió la puerta de par en par.

— Si tuviera algo con qué tenerla abierta lo pondría.

— ¿Sabe algo de tu posible contrato con Wenn Publishing?

— Se lo dije, pero nunca le dije lo que Blackwell dijo que podía valer. Creo que si le dijera que podría recibir un adelanto de cinco millones, pensaría que estaba fuera de mi alcance. Él es así. Así que le dije que había la posibilidad de un acuerdo de publicación, algo que le agradó mucho. Me dijo que me lo merecía y que estaba orgulloso de mí.

— En algún momento se lo tendrás que decir.

— Solo si llegamos a algo íntimo. No le debo nada hasta entonces. Estamos aun en los preliminares, por amor de Dios. Nadie ha usado las palabras noviazgo. No nos referimos a nosotros mismos como pareja. Si no me sintiera tan irremediablemente atraída por él, habría abandonado hace meses. Pero es el hombre ideal. Dulce, guapo, un perfecto caballero, pero quizás demasiado bien educado para su propio bien.

— ¿Has pensado en dar el primer paso?

— No. Ya me conoces. No lo haría. Es cosa de él.

— ¿Cuánto tiempo le das a esto entonces?

— Si algo sustancioso no ha pasado para el día de Nochevieja, lo doy por terminado. A partir de ese momento, seremos simplemente amigos. Quizás Alex tenga algunos amigos a los que pueda presentarme. Nada de esta cosa a medias, no importan lo bueno que sea, y que esté, Tank.

— ¿Lo has hablado siquiera con él?

— ¿Qué puedo decir?

— ¿Me tomas el pelo? Preguntarle dónde estáis los dos a estas alturas.

— Estoy acostumbrada a que sea el hombre es que dé ese paso.

— ¿Y adónde te ha llevado eso? Tendrás que dar el paso tú misma si quieres estar con él. ¿Qué puede pasar? Si no está listo, tendrás tu respuesta. Si aun sigue traumatizado porque su novia lo engaño, entonces cada uno por su lado. Pero, cuando menos, yo tendría una conversación con él, Lisa. Averigua qué siente, por qué va del calor al frío con tanta frecuencia. Tienes derecho a saberlo. No has salido con nadie más desde que empezaste con él. Esta situación tiene que acabar de una vez. Pero quizás merezca la pena, antes de que termine, que hables con él. Físicamente, Tank es un hombre fuerte, pero quizás lo hirieran más de lo que tú crees. Quizás sea más sensible de lo que aparenta. Averígualo.

— Creo que no tengo elección.

— No querrás perderlo sin al menos hablar con él de esto. De otra manera, todos estos meses habrán sido en balde.

— Odio las confrontaciones.

— No es una confrontación. Es una conversación.

— En fin. Veremos cómo se dan estos días. Quizás algo pase.

— Tengo una idea.

— Cualquier idea es mejor que ninguna.

— Esta noche, cuando cada uno de vosotros esté listo para irse a la cama, ¿por qué no te pones alguna lencería *sexy* y con las luces apagadas le das un buen beso antes de que se vaya a dormir? No en la mejilla, claro. Y cuando te inclines a besarlo ponle la mano en el pecho. Tenla ahí por un momento. Míralo a los ojos... Y a ver qué pasa.

— ¿Y si no pasa nada?

— Pues seguiremos esperando.

— ¿Hasta cuándo?

— Nochebuena. Quizás Navidad. Porque si no pasa nada si haces esto esta noche, lo estará todavía procesando. Estará pensando en ello. Te lo aseguro. Estaremos aquí unos pocos días. Si nada sucede, ten esa conversación con él cuando vuelvas a Nueva York. Por mucho que no me guste que lo vuestro acabe, voy a serte honesta, Lisa, tendrías que terminarlo ahí mismo. Tienes que estar preparada para eso. Siempre puedes pasar Nochevieja conmigo y con Alex. No la pasarás sola.

— No quiero terminarlo —dijo con una voz enronquecida.

— Sé que no. Yo tampoco quiero que lo hagas.

Se llevó las manos a la cara, y yo hice lo que pude mientras que ella suspiraba y hacía frente a las limitaciones del hombre con el que estaba. Quizás Tank llegara a poner en ella su confianza, o no. No podía saberlo. No sabía hasta qué punto podía estar herido. Me senté a su lado y le pasé el brazo por encima.

— Sé que no. Yo tampoco quiero que lo hagas. Te mereces a alguien que esté listo para una relación. Si no es él, mi mejor consejo es que lo dejes. Alex tiene muchos amigos sin compromiso que están buscando a alguien tan especial como tú. Me encargaré de que conozcas a algunos.

Pero cuando se quitó las manos de la cara, vi el dolor en sus ojos.

— Sé que lo haces con la mejor intención, y te lo agradezco, pero yo lo quiero a él. De verdad lo quiero. Cuando estamos bien, es fantástico. Simplemente no sé cómo evitar lo que sea que nos tira de las riendas.

Lisa tenía que ser sincera con él, así que le dije lo que sentía al respecto.

— Pero eso no depende de ti, depende de él. Si está dañado, no puedes cambiarlo. Mi mejor consejo es que digas adiós y sigas con tu vida.

— No es tan fácil.

— No lo es. Nada en la vida lo es. Como alejarte de tus padres, de tus amigos, y trasladarte a Manhattan no fue fácil, esto tampoco lo será. Pero necesitas saber dónde estás con él, por tu propio bien.

CAPÍTULO DIEZ

ESA MISMA TARDE, DESPUÉS de que Blackwell y Tank hubieran vuelto del Hannaford, fui capaz de robar un momento con Alex, a quien apenas había visto desde que llegamos.

— ¿Damos un paseo por la playa? —pregunté.

— Hará frío, pero estaremos a solas.

— Solo necesito estar contigo.

— Y yo contigo. No estoy seguro si todo esto ha sido una buena idea.

— Fue una idea muy buena. ¿Qué son unas vacaciones en familia sin un poco de drama y disfuncionalidad? Ya se calmarán todos y acabaremos pasándolo bien. Y si Blackwell nos arruina la cena, tengo un plan de emergencia.

— ¿Cuál es?

— Cena de Navidad en Crocker House.

— No he ido allí en años, desde que era niño. Me encanta el sitio. Me pregunto si sigue igual.

— Sigue siendo muy bueno y con mucho encanto. Estuve allí el año pasado por última vez. Mismo dueño. He hablado con él y le he explicado la situación. Me dijo que lo llamara a las tres y le dejara saber si iríamos o no para no dejar la mesa vacía si Blackwell tiene éxito con la cena.

— Genial.

— Solo quiero algo comestible que llevarme a la boca.

— Voy a coger tu abrigo.

Fue al armario y sacó mi abrigo de cachemira. Me ayudo a ponérmelo. Luego se puso su cazadora de cuero, que le quedaba especialmente *sexy*, y los dos nos enfundamos nuestros guantes.

— Alex y yo vamos a dar un paseo —grité desde el vestíbulo—. Vamos a disfrutar del mar. Volvemos pronto.

— Si ves alguna basura, por favor recógela —dijo Alexa, echada en uno de los sofás de la sala de estar con un iPad en las manos—. Si necesitas una bolsa o algo, puedo buscar una por ahí.

— ¿Estás de coña? —dijo Daniella desde el otro lado del sofá—. Van a dar un paseo. Quieren estar a solas. ¿Quién podría culparlos con todo este caos? Su paseo no es para limpiar el mundo, Alexa. Es para estar solos. Dios, mira que eres egocéntrica.

— ¿Egocéntrica yo? Intento salvar el planeta, imbécil.

— Tengo una idea mejor. Empieza por salvarte a ti misma y échate un polvo. Te lo agradeceríamos todos. Te relajará.

— Chicas —dijo Blackwell desde la cocina—. Se acabó.

— Lo siento —dijo Daniella.

— ¿Qué pasa contigo?

— Su novio la ha dejado —dijo Alexa—. Parece que Mark no era tan idiota después de todo. Huyó mientras estuvo a tiempo.

— Vete a la mierda, Alexa. Te dije que no dijeras nada.

— Hora de irse —le dije a Alex, que ya tenía las manos en el picaporte de la puerta—. Hasta luego —dije a todos.

Salimos justo en el momento en que Blackwell entraba en el salón mirando a Daniella con preocupación. Cerramos la puerta, nos dimos la mano y bajamos hasta la playa.

— Pobre Bárbara —dije.

— Son temibles.

— Deberíamos pensarnos eso de tener hijos. Esas dos me hacen desear adoptar a cierta entrañable treintañera que ya está totalmente entregada a nosotros y con éxito en su profesión.

Esto le hizo marcar hoyuelos en la cara.

— ¿Sabes? —dijo—. No me parece mala idea.

— Venga ya —dije—. Vamos a tener los nuestros propios.

— Una tribu.

— No resbales —dije—. Hay hielo por aquí.

Cruzamos unos pocos árboles y, finalmente, tuvimos el océano delante de nosotros, con el sol del anochecer reflejándose en él.

— Míralo —dije—. ¿No es precioso? Y huele el aire. Tenemos que venir aquí con más frecuencia. Me encanta estar aquí. Mira qué cantidad de conchas en la playa. ¿Venías aquí durante el invierno?

Empezamos a caminar hacia la playa, cuya arena estaba dura y lista. Era sorprendentemente fácil caminar sobre ella.

— Una vez, creo. Pero yo era muy pequeño. Apenas lo recuerdo. Principalmente, veníamos los veranos. —Se volvió a mí como si un pensamiento repentino se le hubiera cruzado—. ¿Dónde están Lisa y Tank?

Me encogí de hombros.

— No lo sé. Vi a Tank entrar con Bárbara, pero luego desapareció. Un poco antes tuve una conversación con Lisa acerca de su relación. La dejé en su habitación sola para que pensara lo que haría si las cosas no salían como quería entre ellos. En algún momento, Tank tiene que dar un paso adelante en la relación. Lisa lo ha intentado a su modo, pero, a pesar de escribir sobre zombis, es una romántica. Quiere que la lleven en los brazos. Le ha dado ya tres meses y no va a esperar toda la vida. De hecho, me ha dicho que si él no hace algo al respecto pronto, se acabó.

— Es una lástima. Hacen buena pareja.

— Todo el mundo lo piensa. Es frustrante.

Paró de andar al tiempo que el viento me alborotaba el pelo y me levantaba el abrigo. Me empujó hacia él y puso mi cara entre sus manos. Nos besamos en el frío, agradecidos de tener un momento para nosotros.

— Eres tan especial —dijo—. Y yo soy tan feliz. Creo que no lo digo lo suficiente.

— Me lo dices todas las mañanas, y todas las noches antes de acostarnos.

— No es suficiente.

— Te quiero Alex. ¿Y sabes lo que me gusta más de este viaje?

— ¿Qué?

— Que nuestra habitación está sola en la tercera planta. Lejos de todos. Tú y yo vamos a pasarlo bien todas las noches y no hay manera de que nadie pueda oírnos.

— ¿Tú crees?

— Lo creo.

— ¿Y si Daniella y Alexa suben a curiosear?

No lo había pensado, y no me sorprendería de ellas. Si estaban aburridas, era algo posible. Entonces se me ocurrió algo.

— Hay una puerta al final de la escalera —dije—. ¿Tiene cerradura? ¿Podríamos ponerle un candado?

Lo pensó un momento y sonrió.

— Siempre tan previsora. De hecho, tiene cerradura.

— Problema resuelto. Y si estás equivocado, solo tenemos que ir al pueblo y comprar ganchos para poner un pequeño candado. La habitación está alejada de la escalera. Será suficiente para que no oigan nada.

— Pero bueno —dijo—, por tu forma de hablar parece que quisieras estar ya en la cama.

— No tienes ni idea. —Jugueteé con el cuello de su cazadora—. Esto me está poniendo. Nunca te había visto en vaqueros y con cazadora de cuero. Excitante, sobre todo por cómo se te ajusta a la cintura.

— Vas a hacer que se me ponga dura.

— ¿Y qué hay de malo?

Me besó otra vez. Esta vez, me apretó tanto contra él que sentí cómo se endurecía contra mis piernas.

— Ojalá hubiera un lugar al que pudiéramos ir.

— Podríamos volver a la casa y decirles a todos que íbamos a dormir una siesta antes de cenar.

— Daniella nos destapará la mentira, si no lo hace Alexa.

— ¿Quieres que cojamos una habitación?

— Me matas.

— Lo digo en serio.

Lo miré y me di cuenta de que hablaba en serio.

— ¿Hay algún hotel por aquí? —pregunté.

— ¿Y a mí me lo preguntas?

— Lo siento. Estoy un poco espesa en este momento. De hecho, hay muchos hoteles en las cercanías.

— ¿Subimos a la furgoneta y nos damos un paseo?

— ¿Un paseo? ¿Qué hora es?

— Las tres. No empezaremos en casa antes de las seis o así. ¿Qué lejos está el hotel más próximo?

— Unos diez minutos quizás. Hay un Hampton Inn cerca de Ellsworth. Lo vi de camino hacia aquí. Justo en la esquina entre la Ruta 1 y la Ruta 3.

Sacó un juego de llaves del bolsillo.

— ¿Y eso?

— Las llaves de la furgoneta.

— Creí que Tank tenía las llaves.

— ¿Crees que solo hay un juego? Venga, ¿te atreves?

— No van a dejar de tomarnos el pelo por esto.

— ¿A quién le importa?

Tenía razón. ¿A quién le importaba? ¿A quién le importaba si nos robábamos un par de horas para estar a solas? Aun así, no quería que nadie se preocupase por nosotros si nos ausentábamos por mucho tiempo. Saqué el teléfono y le mandé un texto a Lisa: *Alex y yo vamos a coger la furgoneta y vamos a hacer unas compras en el pueblo. Hemos olvidado algunas cosas. Por favor, dile a todos que volveremos en unas dos o tres horas. Gracias. Te quiero.*

— Ya está —dije.

— ¿Qué?

— He enviado un texto a Lisa, para cubrirnos las espaldas. Vámonos. No puedo esperar hasta esta noche. Te quiero ya.

CAPÍTULO ONCE

CUANDO LLEGAMOS AL hotel nos acercamos a la recepción, Alex pagó en efectivo por la habitación y, ostentosamente sin equipaje, nos alejamos de la recepcionista.

—¿Te has fijado en su expresión? —dije en voz baja a Alex mientras nos acercábamos al ascensor y apretamos el botón de bajada—. Total desaprobación. Y tan cerca de la Navidad. ¿Dónde está su espíritu navideño?

— En un cubo de carbón.

— Como si fuéramos los primeros en usar el hotel para esto.

Cuando las puertas del ascensor se abrieron, Alex me aprisionó contra la pared nada más entrar en él. Cuando empezó a besarme en el cuello, la boca, los pechos, miré hacia arriba y vi la cámara de seguridad apuntando hacia nosotros desde una esquina del ascensor.

— Estamos siendo grabados. Nos está viendo ahora mismo.

Se apretó contra mis piernas y empezó a mordisquearme el lóbulo.

— ¿De verdad? ¿Tienen una cámara aquí?

— Justo encima de ti, apuntándonos.

— ¿Te excita?

— No con ella mirando.

— Una lástima que ya estemos llegando. Si estuviéramos en Manhattan, piensa la que podíamos haber montado si tuviéramos cincuenta pisos en lugar de tres.

El ascensor se detuvo y se abrieron las puertas. Cruzamos el pasillo, que parecía recientemente renovado. Estaba gratamente sorprendida.

Olía a fresco, parecía limpio, tenía una decoración moderna y una cama doble. Todo lo que necesitábamos en ese momento. Un acierto.

— Tírame en la cama —le dije.

— Quítate el abrigo primero.

— Quítamelo tú.

— Desabróchatelo primero, entonces.

Lo desabotoné frustrada. Los botones eran tan grandes que fue difícil.

— Te deseo.

— Yo a ti más.

— Quiero que me poseas.

Él se sonrió, se inclinó sobre mí y me besó apasionadamente en los labios.

— ¿Pensabas que iba a ser delicado?

— Mejor que no lo seas. Desvístete.

Se quitó la cazadora, luego la camiseta.

— ¿Y ahora te has vuelto una dominadora?

Admiré su pecho ancho, los músculos que dibujaban su abdomen. Aun le quedaba algo de bronceado de nuestro mes en la isla, y su piel parecía seda.

— Un fetichismo a la vez —dije—. De momento, soy oficialmente una exhibicionista. Ya veremos qué viene después. —Entorné los ojos, mirándolo—. Es posible que te lacere.

— ¿Con qué?

— Con la lengua.

— Creo que no me importaría.

Finalmente me quité el abrigo y lo arrojé en una silla. Me quité la camiseta y el sujetador, dejándolos caer al suelo. Me miró con deseo y se quitó los zapatos, arrojándolos al otro lado de la habitación. Nos quitamos los pantalones y luego se inclinó sobre mí besándome en el cuello. Una vez más, las púas de su barba me hicieron sentir los pezones como si estuvieran a punto de reventar. Su aliento era cálido y húmedo, y olía a menta. Tuve que cerrar los ojos para recuperar el control, o no habría llegado a la cama.

— Al menos, quítame las bragas —dije.

— Con mucho gusto.

Se arrodilló delante de mí y lentamente me las bajó hasta los pies. Cuando saqué los pies, me agarró las nalgas y enterró su cara entre mis piernas con tal pasión que tuve que agarrarme a su cabeza para no perder el equilibrio. Gemí sin pudor mientras me penetraba con la lengua. Me lamió el clítoris y me humedecí al instante.

Me penetró con un dedo y yo seguí gimiendo mientras que él buscaba en mí ese lugar que siempre me llevaba al abismo. Supe que lo encontró cuando mis rodillas empezaron a flaquear.

Me tocaba con la maestría de un concertista que conoce bien su instrumento. A veces me parecía que conocía mi cuerpo mejor que yo. Eché hacia atrás la cabeza, incapaz de dominar las sensaciones que me embargaban. Llegué a llorar de placer. Agarré su mata de pelo mientras que él me penetraba más dentro, ahora con tres dedos, haciéndome sentir algo casi insoportable.

Y finalmente se hizo de verdad insoportable.

Cuando empezaba a llegar al clímax, me cubrió el clítoris con la boca y lo saboreó con rítmicos lengüetazos hasta que me hizo venir. Antes de que pudiera recuperarme, se puso de pie, me levantó y me arrojó sobre la cama, como se lo había pedido antes

— ¿Es esto lo que querías? —me preguntó.

— Podrías haber sido menos delicado. Quítate los calzoncillos. Así. Perfecto —dije mirándole el pene erecto. Lo admiré un instante, en particular su perfecto torso, sus caderas estrechas y los músculos de su pelvis formando una perfecta uve que apuntaba a lo que más deseaba—. Ven aquí.

Con una expresión traviesa gateó en la cama hasta estar completamente sobre mí. Sentí su erección en mi estómago y sus labios sobre mis pezones, mordisqueándolos hasta hacerme gemir y retorcerme debajo de él. Me agarré a sus hombros, deslicé las manos a lo largo de sus musculosos brazos y luego junté las manos sobre la hendidura de su espalda, tan profunda, que me parecía irresistiblemente *sexy*.

— Tómame —dije.

— ¿Y si quiero hacerte esperar?

— ¿Por qué me ibas a hacer esperar?

— Porque aun no he terminado con esto.

Deslizó su cuerpo a lo largo del mío, besándome los pechos y el vientre hasta que encontró el pubis con su boca, y con destreza me llevó a un segundo orgasmo más deprisa de lo que esperaba. Arqueé mi espalda y me aferré al cobertor de la cama, cerrando en él lo puños cuando volvió a meter un dedo buscando el punto que había encontrado un momento antes. Cuando lo encontró, perdí el control.

— Quiero que vengas otra vez, Jennifer.

— Si vas a seguir ... ¡Oh! ¡Sí!

— Sí.

— Me vuelves loca.

— Como tú querías.

Lo miré, nuestras miradas se encontraron, y me empujé contra su dedo. Pareció gustarle. Metió otro dedo y luego otro, hasta que me sentí tan llena que me agarré yo misma los pechos y empecé a pellizcarme los pezones.

Miré al techo y sentí como si flotara. El corazón se me aceleró. Por un momento, sentí que iba a la deriva, que no estaba dentro de mi cuerpo. En ese momento, empezó a mover en círculos el dedo pulgar sobre mi clítoris. Y eso fue lo que me derrumbó. Tuve un nuevo orgasmo, esta vez tan ruidoso que si había alguien en las habitaciones de al lado se estaría preguntando qué sería lo que había oído.

Cuando sacó los dedos, estaba otra vez encima de mí. Sus labios en los míos. Y, con un empuje brutal, me penetró con tal fuerza que me dejó sin aliento.

Sostuve su cara entre mis manos mientras embestía de nuevo. Nunca había sido tan agresivo conmigo, pero es lo que le pedí, es lo que quería experimentar con él, y no me arrepentía. Luego busqué sus glúteos y lo empujé aun más dentro de mí. Le golpeé las nalgas. Sorprendido me miró con una sonrisa entre traviesa y perversa.

— Estás lanzada —dijo.

Me giré sobre él y empecé a cabalgar encima.

— Ni te imaginas —dije, poniéndole las manos en el pecho y trotando al unísono con él.

— ¡Eres tan *sexy*! —me dijo.

Pero a mí me faltaban las palabras. Lo que estaba sintiendo era demasiado intenso para hablar. Durante la hora siguiente, deshicimos la cama con posturas que no había experimentado antes con él. ¿Quién era aquella persona? Tenía talentos que nunca me había mostrado antes, y estaba encantada. Había sido algo agresivo antes conmigo, pero nunca de esta manera.

Cuando se corrió, yo seguía sobre él, con mis brazos alrededor de su espalda. Nuestros cuerpos calientes y empapados de sudor. Busqué su nuca con las manos. El apretó su cara contra mis pechos y volví a correrme una vez más antes de dejarme caer en la cama, a su lado.

— Dios mío —dije.

Se inclinó sobre mí y me besó en los labios.

— ¿Una ducha? —preguntó.

— ¿Y qué va a pasar allí?

— El segundo tiempo.

Me cogió de la mano y me llevó de la cama al cuarto de baño. Por media hora, hicimos el amor debajo de una ducha templada. Después, agotados, con los cuerpos como si fueran de caucho, empezamos a arreglarnos. Me sequé el pelo y me lo até en una cola de caballo, que es como lo tenía cuando salimos de casa. Me miré al espejo. No llevaba maquillaje, pero estaba radiante. Pero, ¿a quién íbamos a engañar?

Estaba a punto de ser fiscalizada otra vez, esta vez por nuestros invitados.

Cuando Alex terminó de secarse el pelo, nos vestimos. Le dije que lo quería mientras nos poníamos los abrigos y me levantó en brazos antes de salir de la habitación.

— Yo te quiero por encima de todas las cosas —me dijo—. Más de lo que puedas imaginarte.

Le puse la mano en el pecho y lo besé.

— Gracias otra vez —dije.

— ¿Por qué?

— Por ayudarme a recoger aquellos currículos que se volaron aquel día.

Él se sonrió.

— No puedo esperar a anunciar el día de nuestra boda —dije.

— Mañana por la noche.

— Mañana por la noche, sin duda. Una Nochebuena perfecta.

Después de esto, nos dimos prisa en llegar a casa.

CAPÍTULO DOCE

NADA PODRÍA HABERNOS preparado para lo que vimos al regresar a la casa de Alex en Hancock Point. Cuando entramos al recibidor, nos llegó música navideña que venía de un iPod colocado en un amplificador en una de las mesitas auxiliares. Estaban tocando uno de mis álbumes favoritos en la adolescencia, el de las canciones de Navidad de Barbra Streisand, que incluía unas de las más tristes y emotivas interpretaciones de "I Wonder as I Wander" y "My Favorite Things" que jamás había oído. Con la sola excepción de "Jingle Bells", canción con la que empezaba el disco, todas las canciones estaban interpretadas con una melancolía embriagadora.

En aquel entonces, las Navidades nunca eran una ocasión festiva en mi casa, antes al contrario, y el álbum de la Streisand se conjugaba perfectamente con mi espíritu. Subrayaba que para la gente como yo la Navidad es quizás la más solitaria y oscura época del año. Su música se negaba a abrazar la ilusión dichosa que nos querían vender con otras versiones más festivas de esas mismas canciones. Para mí era el reflejo de una verdad que otros se negaban a aceptar. Para muchos, la Navidad es la peor y más depresiva fecha del año.

Ahora, llegada a este punto de mi vida, oír la poderosa versión de "The Lord's Prayer", que resonaba en toda la casa con imposibles acrobacias vocales, me hizo verlo todo con una perspectiva diferente. Ahora era feliz. Estaba enamorada de mi mejor amigo. Acababa de salir de algunos de los meses más estresantes de mi vida. Oír a la Streisand cantar las glorias de estar vivo era algo que estaba dispuesta a aceptar.

Hay gloria en esta vida. A mí, simplemente, me costó algunos años encontrarla.

A pesar de la música, podía oír a Blackwell y sus hijas hablando en la cocina, y no con hostilidad. Por un momento, creo que hasta oí risas. ¿Sería Blackwell? Puse un poco más de atención. En efecto, era ella.

A nuestra izquierda, en la sala de estar, me encontré con la sorpresa de un árbol de Navidad majestuoso colocado en una base al lado del ventanal que daba al mar. No había señales de Lisa o Tank. Alex y yo permanecimos allí de pie, sin dar crédito, escuchando el ruido de la conversación en la cocina y oliendo el penetrante aroma del árbol.

— ¿Qué ha pasado aquí? —pregunté sigilosamente a Alex.

Negó con la cabeza mientras se quitaba la cazadora.

— Ni idea. Tank ha debido cortarlo.

— Me pregunto si Lisa iría con él.

— Lo averiguaremos, me imagino.

— Claro. Me lo contará todo. Y oye —dije en voz baja—, en la cocina. Risas. Y algo más. ¿Qué es ese ruido?

— Copas o vasos brindando.

Me quité el abrigo y lo puse en el armario, al igual que Alex.

— Deberíamos escabullirnos, ir arriba y retocarnos un poco. Salí de casa maquillada y ahora no tengo nada. En cuanto me vean, sabrán por qué.

— Nos descubrirán. El suelo cruje.

— No se notará con la música.

— Os podernos oír —gritó Blackwell desde la cocina. Oímos la puerta—. No hay necesidad de seguir susurrando. Venid a la cocina. Estoy con Daniella y Alexa. Estamos cocinando.

— ¿Que están qué? —dije a Alex.

— Aparentemente, cocinando.

— Cuando salimos de aquí, huimos de una guerra inminente. ¿Qué habrá pasado?

— Todavía puedo oírte, Jennifer. Venid a la cocina. Estamos ansiosas por saber que habéis comprado.

Alex me cogió de la mano y me llevó pasillo adelante hasta la cocina, donde Blackwell, Daniella y Alexa paladeaban una copa de vino tinto en la isleta de la cocina, sobre la que colgaban luces un tanto cegadoras.

— Te lo dije —exclamó Daniella nada más vernos—. Se han revolcado en algún motel de los alrededores. Mira cómo lleva Jennifer el pelo. Se lo ha pasado de muerte. —Levantó la copa mirándonos—. Bien hecho.

— Yo...

— No hay nada que decir, Jennifer —interrumpió Blackwell—. Todos sospechábamos que tus compras eran una excusa. Por la cara que traéis, os ha salido bien. Cuando menos, habéis hecho vuestra sesión de *cardio* del día, algo que, naturalmente, cuenta con mi aprobación. Siento las buenas vibraciones emanando de los dos.

— Bueno, yo...

— Ni una palabra. No es necesario. Todos necesitamos nuestros momentos, aunque no hayamos hecho más que llegar de Manhattan esta misma tarde y hayamos pasado juntos unas pocas horas.

— Es que...

— No os culpo por escaparos cuando podíais —dijo Daniella—. Nos estábamos comportando como dos imbéciles. Lo siento. Pero gracias a Alexa, y lo digo de verdad, Alexa, todo está aclarado. Todo el mundo sabe que otro novio me ha vuelto a plantar. ¿Y qué? Las tres hemos estado hablando de ello. Mi madre y mi hermana son fabulosas, y tengo que darles la razón. Que lo jodan. Una vez que he sido capaz de pasar ese escollo lo hemos pasado muy bien juntas. Siento que pusiera las cosas difíciles antes. Fui desagradable en Nueva York y también cuando llegamos aquí. Pido disculpas por eso. También he pedido disculpas a Tank y Lisa. Ya sé que me dijiste que era mejor dejarlo, Jennifer, pero se lo debía.

— Muy considerada de tu parte, Daniella —dije.

— Sé que puedo dar una mala primera impresión —dijo con voz casi temblorosa—. Pero olvidémoslo. —Hizo un gesto con la cabeza a Alex y siguió hablando—. Tienes unas cuantas botellas de vino en esta choza, Alex. Menuda bodega hay ahí abajo. Alexa y yo la descubrimos y creo que esta botella es de las buenas.

— Yo les dije lo de la bodega —dijo Blackwell—. Espero que no te importe, Alex.

— En absoluto. Por lo que a mí respecta, esas botellas aun pertenecen a mis padres. Creo que debe haber cientos de ellas. Disfrutadlas.

— Eres el mejor, Alex —dijo Alexa— ¿Sabes que el vino es ecológico?

— No, pero me alegra saberlo. Y me alegra que los ánimos estén calmados.

— Todo eso es ya historia —dijo Blackwell —. Las chicas y yo hemos estado ocupadas esta tarde. Venid a ver lo que hemos hecho. Mira, nuestra primera tarta de manzana. La hemos hecho siguiendo la receta de esa tal *Contessa*. Y tengo que decir que es una buena receta. Relativamente fácil de hacer, especialmente la masa. No habría podido hacerla sin ella. ¿Quién hubiera adivinado que la mantequilla fría es la clave para hacerla crujiente? ¡Y quién me iba a decir que yo le iba a poner mantequilla a nada! Venid, mirad. Es divina.

Alex y yo nos acercamos y tengo que decir que la tarta se veía y olía deliciosa. La masa tenía un color marrón dorado y parecía perfecta. Y sabía por experiencia que no era fácil de hacer.

— ¡Tiene una pinta fantástica! —dije.

— No lo digas tan sorprendida, Jennifer.

— No era mi intención. Es la verdad.

— Gracias. Ahora que tengo a mis elfos ayudando con el horno, al menos puedo prometer que los postres de Navidad serán comestibles.

La cena sigue siendo cosa mía, así que veremos cómo termina. Pero me he preparado. Estoy segura que lo haré bien.

— Mamá. Retiramos nuestro reto. No tienes que hacerlo tú sola —dijo Daniella—. Queremos ayudar.

— Y os lo agradezco. También agradezco la ayuda de esta noche. Pero nunca he hecho para vosotras una comida de Navidad. Así que voy a hacerlo antes de que me vaya a la tumba para que ninguna de las dos ponga en mi lápida *Nunca nos hizo una cena de Navidad*. De ninguna manera voy a permitirlo.

— Venga, mamá —dijo Daniella—. Déjanos ayudarte. Lo hemos pasado muy bien esta tarde.

— En caso de que os necesite, os llamo. Pero esto lo tengo que hacer sola, jovencitas.

— También hemos hecho la tarta de queso de la *Contessa* —nos informó Alexa— Está al baño maría en el horno. Aun le quedan veinte minutos.

Miré a Blackwell a los ojos y ella levantó su copa hacia mí. Nunca la había visto así. Nunca la había visto tan relajada y feliz. No estaba lanzando dardos a nadie. Se la veía contenta y complacida, como si realmente hubiera conectado con sus hijas. Le guiñé un ojo y le dije moviendo los labios que la quería. Me levantó las cejas y le dio un trago a su copa de vino. Sus ojos brillaban.

— ¿Sabe alguien dónde están Lisa y Tank? —pregunté.

— Antes salieron y trajeron el árbol —dijo Alexa—. No me gusta que tuviéramos que cortarlo, pero es mejor que uno artificial, lleno de productos tóxicos. Me conformo. Más o menos.

— Alexa —increpó Daniella.

— Ya, ya. En fin, están abajo. Cuando recibieron el mensaje de Jennifer, se fueron a buscar el árbol perfecto, y lo encontraron. Tank tuvo que acarrearlo. Lisa lo ayudó, pero seamos realistas. Mírala a ella y mira a ese árbol. Le tocó todo a Tank. Cuando lo pusieron sobre la base,

Lisa le dijo que le daría un masaje en la espalda. De eso hace ya media hora. Así que están en su habitación o en la de él.

Y con suerte pasándoselo muy bien, pensé.

— No hay nada como la naturaleza —dijo Alexa—. Hasta cuando cortas uno de sus árboles, cuando acabas con su vida, alteras el orden natural de las cosas.

— Alexa —dijo Daniella.

— Ya sé, ya sé. Me encanta el árbol. De verdad.

— Vigila la tarta de queso.

— Estoy en ello.

En el trasfondo oí a la Streisand cantar la que era mi canción favorita del álbum, su hipnotizadora versión del Ave María de Gounod. Miré a Blackwell.

— ¿Eligió usted la música?

— Sí. Es un clásico. Solía ponérselo a mis hijas cuando eran pequeñas. Siempre lo escuchábamos por estas fechas.

— Yo lo oía también de niña. Es mi favorito. Gracias.

Y con eso, Blackwell se levantó de su taburete, se acercó a mí y, para mi sorpresa, me dio un abrazo.

— Gracias —me dijo al oído.

— ¿Por qué? —pregunté.

— ¿Por qué no vamos a ver el árbol?

Salimos de la cocina hasta la sala de estar.

— ¿Está bien? —le pregunté.

— Estaba equivocada con respecto a venir aquí. Nada de esto tendríamos en Nueva York. Ellas estarían distraídas con sus amigos. Hubieran preferido estar en cualquier sitio antes que conmigo. Tenías razón. Me alegro de que hayamos venido. No sabes lo que esto, cocinar con mis hijas, hablar abiertamente con ellas sobre mi divorcio, chicos, la vida, significa para mí. Esto nunca nos había pasado. Creo que están en una edad en la que podemos ser amigas. Así que gracias, querida. Eres un tesoro.

— ¿Cuánto vino ha bebido?

— El suficiente para decirte que eres un tesoro.

Se alejó un poco de mí y vi en sus ojos que estaba más que sobria. Le di un beso en la mejilla y volvimos a la cocina, donde ella le dio otro beso en la mejilla a Alex.

— Y ahora —no dijo—, vosotros dos, a lo vuestro. Las Blackwell tienen que asegurarse de que la tarta de queso sale bien. Luego tenemos que hacer una salsa de arándanos para ponerla encima. Y con eso terminamos por hoy. Mañana, es posible que hagamos otra tarta diferente. —Miró a sus hijas—. ¿Qué os parece, chicas?

— Me encantaría una tarta de crema de chocolate —dijo Daniella.

— A mí también —dijo Alexa—. Y espero que podamos usar nata libre de hormonas y antibióticos.

— ¿En serio? —dijo Daniella.

— Es importante.

— Toma —dijo Daniella, cogiendo la botella de vino—. Sírvete un poco más. No, mejor te lleno la copa hasta el borde. Mejor así. Bebe un buen trago.

— ¿Quieres que me emborrache?

— No. Te va a sentar bien. Ya verás.

— Pues la hacemos por la mañana, entonces —dijo Blackwell—. Y luego nos relajaremos, con un libro, un paseo por la playa, oyendo música. Podemos ver una película. O simplemente tener una conversación. Mañana es Nochebuena. Tengo un surtido de quesos y aperitivos para mañana por la noche. Tenemos también un surtido amplio de bebidas y, Dios lo sabe, suficiente vino para los próximos cien años. Un festín. Y luego, el día de Navidad, prepararé una comida que no se parecerá en nada al forraje y al hielo habituales. Deja de poner cara de preocupación, Jennifer. Lo tengo todo bajo control. Esta noche me ha dado confianza. Esa *Contessa* oronda me ha enseñado muchísimo. Conozco sus trucos. Y ya tengo el pavo.

— Será orgánico, ¿verdad?

— Bebe —dijo Daniela.

— No tengo ni idea —dijo Blackwell—. Pero una cosa sí sé. Cuando esté listo no va a estar seco.

CAPÍTULO TRECE

MÁS TARDE, EN LA NOCHE, cuando Blackwell y sus hijas estaban acostadas, Alex y yo hicimos un fuego y nos sentamos en la sala de estar en uno de los sofás, delante del árbol de Navidad y del mar iluminado por la luna. Lisa y Tank entraron en la habitación cogidos de la mano. No los habíamos visto en toda la noche.

— Hola a los dos —dije sonriente, muy sonriente, demasiado sonriente. Necesitaba controlarme—. Gracias por cortar el árbol. Es precioso.

— Tank hizo todo el trabajo —dijo Lisa—. Creo que nos alejamos casi dos kilómetros —dijo Lisa—. Lo arrastró hasta aquí con un brazo. Yo no hice nada.

— No lo hice todo yo —dijo Tank—. Lisa eligió el árbol, no yo. Y encontró uno perfecto, ¿no os parece? Fue un trabajo de equipo.

Tank llevaba unos Levi's 501 y una camisa de franela que parecía a punto de reventar alrededor del pecho, la espalda y los brazos. Nunca lo había visto de esa manera vestido. Parecía más grande que nunca. Les sonreía, pero, por dentro, a duras penas podía contenerme.

Algo ha cambiado. Algo ha cambiado. Algo ha cambiado.

— Hicisteis in buen trabajo —dijo Alex.

Se sentaron en el sofá, a nuestra izquierda, Lisa se echó sobre Tank y él le puso el brazo en los hombros. La miré fijamente, me entrecerró los ojos. Luego miré a Tank, que me miraba a su vez con una sonrisa apuntando en sus labios.

— ¿Qué tal tus compras? —me preguntó Lisa.

— Bueno, ya conoces Ellsworth —dije—. Muchas tiendas pequeñas. Muchas cosas monas inútiles.

— Muchos motelitos.

— Sí, parece que hay más que nunca. ¿Alguien quiere un martini?

— Yo sí —dijo Alex.

— Yo también —dijo Lisa.

— ¿Tank?

— No tendrás una Guinness, ¿verdad?

— Tenemos —dijo Alex—. Me aseguré de que hubiera suficiente en el frigorífico.

— Tomaré una, si no te importa.

— Por supuesto. Lisa, ¿me ayudas?

— ¿Con lo bien que estoy aquí?

— Gracias —dije—. Vamos a preparar esas bebidas.

Cuando estuvimos a solas en la cocina, saqué tres copas de martini del congelador, el agitador de una de las alacenas y una copa para Tank. Lisa tarareaba algo mientras sacaba del frigorífico la cerveza para Tank.

— ¿Un abridor? —dijo.

— Ahí —dije apuntando a un cajón.

— A Tank le encanta la Guinness.

— No me digas —dije mientras sacaba hielo del congelador, con el consiguiente ruido—. ¿Y con qué más está encantado últimamente?

— ¿Quizás el masaje de una hora que le he dado? Ya sabes. Él boca abajo sobre la cama, sin camisa, y yo sentada sobre su espalda.

— Mejor me lo cuentas todo ahora mismo.

Se me acercó.

— Pero me va a oír.

— No cuando empiece a hacer los martinis. Cuando empiece a agitarlos, desembucha. Quiero detalles.

— Entonces empieza.

— El vodka está en el congelador. El vermut en el frigorífico. ¿Me los pasas?

Así lo hizo. Los mezclé en la coctelera y empecé a agitar con ella tan cerca de mi como era posible.

— Por fin —dijo.

— Sin olvidar detalle.

— Pasó cuando estábamos fuera, buscando el árbol. Tardamos un par de horas en encontrar el ideal. Pero como una hora después de empezar la búsqueda, caminando uno al lado del otro, me metió mano.

— ¿Hizo qué?

— Me puso contra un árbol, me dijo que no podía contenerse más y me besó como nunca me había besado. Me puso a cien. Creo que hasta le agarré el trasero. No, se lo agarré. ¿Te has fijado en el trasero que tiene en esos vaqueros esta noche? No tenía manos suficientes.

Me reí por lo bajo y continué agitando las bebidas con tanta intensidad que casi no podía oírnos a nosotras mismas. *Tan suave como la seda y tan frío como enero. Marchando.*

— ¿Qué le hizo actuar?

— Me dijo que sentía haberse retraído tanto. Me dijo que venir aquí había sido bueno para los dos. Que, después de todo por lo que Alex y tú habéis pasado, sentía que podía relajarse y concentrarse en lo que de verdad importaba, nuestra relación.

— Dios mío.

— Lo sé.

— Finalmente.

— Aun no sabes ni la mitad.

Seguí agitando.

— ¿Qué pasó durante el masaje? Porque sé que algo pasó. Me lo huelo.

— Digamos que treinta minutos los pasé tocándole la espalda y los hombros sentada en su retaguardia y eso ya me puso al borde de un ataque. Y entonces, sin aviso, se dio la vuelta y el masaje se convirtió en una sesión de magreo.

— No te creo.

— Es verdad.

— ¿Llegasteis a más?

— ¡No! Pero llegaremos.

— Ya es hora ¿Y cuándo?

— No sé. Esta noche espero.

— Me alegro mucho por ti.

— ¡Loado sea Dios!

— Tengo que servir ya o sabrán que estamos hablando.

— Ya saben que estamos hablando. No son idiotas.

— Bueno, no necesitan oír lo que estamos diciendo. Sirve la cerveza de Tank mientras que yo pongo los dos primeros martinis. Luego tengo que hacer otro para ti. Venga.

Así lo hicimos. Ella sirvió la cerveza de Tank y yo serví dos martinis perfectamente fríos. Fui al congelador, saqué más hielo, puse otra vez vodka y vermut en el agitador y empecé a batir el nuevo cóctel.

— ¿Cómo vas a llevártelo a la cama esta noche?

— Tal y como está actuando, no creo que tenga que hacer mucho.

— Necesitas un plan, por si acaso.

— Realmente creo que solo necesito ponerme una minúscula pieza de lencería roja y darle un beso de buenas noches. Luego, no tengo más que dejarme caer de espaldas en la cama con las piernas abiertas.

— Muy sutil.

— ¿Quién quiere sutilezas? ¿Adónde fuisteis Alex y tú hoy?

— Acabamos en un motel y nos revolcamos por un par de horas.

— Me encanta. ¿Estuvo bien?

— A estas alturas de nuestra relación, pensaba que tenía una idea bastante aproximada de lo que se podía hacer con mi cuerpo, pero justamente hoy he aprendido no sé cuántas maneras nuevas.

— Yo necesito que me hagan algo —dijo Lisa.

— Hazlo posible. Pero, claro, eso significa una sola cerveza para Tank. No quiero que se te duerma encima. No podemos echar a perder la misión.

— Exacto, una cerveza. Eso es todo. Luego, todos a la cama.

— Hecho. Deberíamos sacar algo para picar. Eso ayudará a absorber el alcohol.

— Perfecto.

Terminé de agitar y le guiñé un ojo.

— Alex y Tank —dije llamando su atención—. ¿Queréis algo de aperitivo? Todo lo demás ya está.

— Yo comería algo —dijo Tank.

— Yo también —secundó Alex—. No hemos cenado, Jennifer.

Miré a Lisa.

— Proteínas —le dije en voz baja—. Hay queso en el frigorífico. Mira a ver qué más puedes encontrar. Yo cojo las galletitas. Hay que darles fuerzas. Quizás las dos tengamos suerte esta noche.

— ¿Podrías hacerlo otra vez?

— Cariño. Nunca tengo bastante con ese hombre. —Le di un beso en la mejilla—. Y no veo el día en que tú me digas lo mismo de Tank.

CAPÍTULO CATORCE

EL DÍA SIGUIENTE FUE una locura de actividades.

Por la mañana, Alex y yo despertamos temprano y nos quedamos en la cama abrazados hasta que nos rendimos a los ruidos que venían del piso de abajo.

— Blackwell y sus hijas están levantadas —dije—. Deberíamos ducharnos y subir, a menos que tengas otra idea— dije apretando mi espalda contra su cuerpo.

Tenía otra idea.

Pasaron otros noventa minutos antes de que nos ducháramos, nos vistiéramos y estuviéramos listos para empezar el día. Lisa y Tank aun no se habían levantado. Cuando entramos en la cocina, Blackwell estaba haciendo café y Alexa y Daniella estaban leyendo la receta de la tarta de chocolate de la *Contessa*.

— Buenos días —dijo Daniella.

— Buenos días —saludamos Alex y yo.

— Va a nevar hoy —dijo Alexa—. Y no el tipo de nevada tóxica que tenemos en Manhattan. Aquí, será limpia, fresca, libre de carburos y otros contaminantes nocivos. Si la nieve es densa, haré un muñeco de nieve.

Miré por la ventana de la cocina.

— Está nublado —dije.

— Pues claro. Mi iPhone nunca miente. Lo primero que hice esta mañana fue preguntar a Siri y me dijo que la nieve estaba de camino. ¿No es navideño?

Le sonreí.

— Muy navideño. Avísame cuando vayas a hacer el muñeco de nieve, quizás pueda ayudarte.

— Me encantaría —dijo.

Miré a Blackwell, que llevaba un pijama blanco de seda, una bata blanca esplendorosa y unas estilosas zapatillas blancas. Nunca la había visto así. Se había cepillado el pelo, pero no llevaba maquillaje, lo que me decía que se sentía como en casa. Estaba relajada y pasándolo bien. Sentí un acceso de afecto por ella.

— Jennifer y Alex, café. Lo he hecho para vosotros. Después de todo lo que veo que los cuatro devorasteis anoche, sugiero que toméis el café negro. Es mi opinión. Si queréis rendiros a los lácteos y el azúcar, allá vosotros. En cuanto volvamos a Manhattan voy a ponernos a todos en cintura.

— ¿Habéis visto a Lisa o a Tank? —preguntó Alex.

Daniella inmediatamente nos miró.

— Todavía no. Después de anoche, es probable que estén demasiado cansados. Apuesto a que no salen de la cama en todo el día.

— Daniella —dijo Blackwell.

— Venga ya —respondió—. Como si fuera la única que los oyó retozar anoche.

— No era necesaria la explicación.

— Hasta cierto punto sí. Alex preguntó dónde estaban. Solo decía que no iban a estar para trotes después de todo el ruido que hicieron. Hubo un momento que creí que iban a romper la cama. Me tuvieron despierta todo el tiempo. No es que me importe. Lo escuché todo. Tank es tan grande y Lisa tan chiquita que no sé cómo se las arreglaron, pero sin duda lo hicieron. Una y otra, y otra vez.

Entonces, ¡ha pasado! Pero Daniella podría estar exagerando. No lo sabré hasta que hable con Lisa.

— ¿Ruido? —pregunté.

— A Lisa le gusta gemir.

— Y a Tank rugir.

— Niñas —dijo Blackwell.

— Es cierto —dijo Daniella—. Me alegro por ellos, que conste. Parece que se lo pasaron muy bien anoche. Ayer, antes de salir para Maine, dije que se podía sentir la tensión sexual entre ellos. Así que estaba en lo cierto.

— Ya veo —dije—. Bueno, creo que tomaré un café. ¿Alex?

— Por favor.

— Estupendo. Voy a servir el café. Eso es. Tú mira cómo sirvo el café.

— ¿De qué hablas? —dijo Alexa—. ¿Por qué estás tan rara de repente?

— Porque sabe que su amiga se echó un polvo anoche —dijo Daniella.

Y, entonces, las dos hermanas empezaron a reírse. A mí me alegró el ánimo y Blackwell suspiró aliviada.

A MEDIA MAÑANA ESTABA nevando. Grandes, espesos, copos de nieve caían del cielo. El tipo de nieve que permitiría a Alexa hacer su muñeco de nieve, si nevaba lo suficiente. Lo sabía por experiencia. Blackwell, Daniella y Alexa estaban enfrascadas en su tarta de crema de chocolate cuando Lisa y Tank entraron en el salón. Alex y yo estábamos de rodillas hurgando en las cajas de los adornos de Navidad, guirnaldas y luces de diodo que Alex había pedido a sus empleados que compraran antes de que llegáramos. Giré la cabeza para mirarlos.

— Buenos días —dije.

— Buenos días —respondió Lisa.

— Buenos días, Alex. Jennifer —dijo Tank.

— Siento que sea tan tarde —dijo Lisa.

— ¿Tarde para qué? —pregunté—. Estamos de vacaciones. Uno puede dormir lo que quiera. Alex y yo estamos viendo qué tenemos por aquí para decidir qué ponemos en el árbol. ¿Por qué no desayunáis algo mientras Alex y yo terminamos con esto? Y mira, —dije señalando hacia la ventana detrás del árbol—. Está nevando. Si nieva lo suficiente, Alexa y yo hemos decidido hacer un muñeco de nieve.

— Y yo quiero ayudar —dijo Alex.

— Y Alex se acaba de sumar. Si queréis, sois bienvenidos. Pero tomad un café para empezar bien el día. Prueba las roscas de pan, son excelentes. Hay queso de untar en el frigorífico. Luego os venís aquí con nosotros.

— Muy bien —dijo Lisa.

Sin duda se ha echado un buen polvo, se lo veo en los ojos. Por fin Tank decidió dar un paso adelante. Eso, para él, es una declaración de intenciones.

Miré a Alex cuando se fueron a la cocina.

— Lo han hecho —dije.

— Y tengo el presentimiento de que estás encantada.

— Ni te lo imaginas.

— Creo que sí.

— Sabes que quiero que estén juntos.

— Yo también.

Me incliné hacia él y lo besé en los labios.

— En caso de que necesiten más privacidad, podríamos enviarlos a cierto motelito.

— Podría ser.

— Sería un gesto amable por nuestra parte.

Se sonrió y esos hoyuelos que tanto amaba se dibujaron entre la barba sin afeitar

— Me matas.

— ¿Tú sabes lo que no puedo esperar?

— Creo que sí. Probablemente lo mismo que yo estoy deseosa de compartir.

— Efectivamente. Decirles a todos, esta noche, la fecha de nuestra boda. Pedirle a Lisa que sea mi madrina y tú a Tank que sea tu padrino. Esta noche va a ser memorable.

— El resto de nuestras vidas va a ser memorable —dijo él.

NO PUDE ESTAR A SOLAS con Lisa hasta después de comer. Mientras Tank y Alex veían un partido de fútbol en el salón, ella estaba en la cocina con Blackwell y las chicas, que seguían trabajando en su tarta de crema de chocolate.

— Ven y ayúdame a encontrar algo para ponerme esta noche —le pedí.

— Claro.

— Esta noche deberíamos hacerla de etiqueta, ¿no cree? —le pregunté a Blackwell.

— Es la Nochebuena, por amor de Dios. Por supuesto que será de etiqueta. Yo me pondré un Dior y las chicas algo exclusivo también. No espero menos de vosotras. Esta noche todo es diferente. Hasta puede que me anime a beber un martini. Ya sabes por qué lo digo, los carbohidratos.

— De etiqueta entonces. Necesito tu ayuda eligiendo entre dos vestidos —dije a Lisa—. Vamos arriba para que te los enseñe.

— Y de paso, te informas de todos los detalles —añadió Daniella.

— Daniella.

— Es lo que van a hacer, que no te enteras.

— Realmente no tienes ningún filtro, ¿verdad? —dijo Alexa.

— ¿Para qué los quiero?

— Bueno —le dije a Lisa—. Déjame que te enseñe lo que tengo.

Subimos al dormitorio principal. Cerré la puerta, me senté en la cama y la miré.

— No te quedes nada en el tintero —dije.

— Aparentemente, ya sabes todo. Te lo noto en la cara. Y, por cierto, ¿cómo lo sabes?

— Daniella, Alexa y Blackwell han debido oíros.

— Dios mío, qué vergüenza.

— No te preocupes por eso. Se alegran por ti.

— Intentamos no hacer ruido, pero Tank... Digamos que lo tiene todo en proporción. Por un momento pensé que no había manera de que esa cosa me cupiera. Parecía el brazo de un niño sosteniendo una manzana.

— Menuda imagen.

— Es la verdad. Y fue maravilloso. Sabía exactamente lo que hacía. Supo cómo prepararme y todo salió, y entró, a la perfección.

— Todo eso está muy bien, pero aparte de lo que haya podido oír por otros, todavía no me has dicho cómo llegasteis a ese punto.

— Mira que eres cotilla.

— No. Solo curiosa.

Se sentó a mi lado en la cama.

— Pues bien, fue fantástico. Sé algo de apocalipsis, aunque sea de zombis, y lo de anoche fue de apocalipsis romántica.

— ¿Quién dio el primer paso?

— No tan deprisa. Déjame hablar.

— Habla, pero ve al grano.

— Nuestro plan funcionó. Después de limitar la bebida de Tank a una cerveza y atiborrarlo de proteína, ¿habías visto alguna vez a alguien comer tanto queso?, nos fuimos a la cama. Eso ya lo sabías. Lo que no sabes es que cuando bajamos a nuestras habitaciones hice lo que me dijiste. Me puse un salto de cama rojo que compré en Saks. Es monísimo y *sexy*. Creo que tenía los pezones duros como una piedra en cuanto me lo puse.

— Creo que los tenías así desde el primer día que viste a Tank.

— Quizás. Tank estaba en su habitación. Por supuesto, tenía que darle las buenas noches. Así lo hice. Me fui a la puerta, vi que las luces estaban bajas, llamé y entré. Él estaba desvistiéndose al lado de la cama. Aparentemente, duerme en calzoncillos, nada más. Cuando lo vi te juro que se paró el tiempo. Suena a cliché, pero es verdad. Eran unos pantaloncitos ajustados que no dejaban nada a la imaginación. Todo lo que veía era ese enorme paquete, sus brazos, su pecho, más ancho que el mapa de América, sus abdominales, sus muslos, y me quedé boba mirándolo mientras que él me miraba a mí. Entonces me dijo *¿Es eso todo lo que quieres hacer?*

— ¡No! Sigue, sigue.

Me puso una mano en la rodilla.

— Le dije *No sé lo que quieres decir. Vine a darte las buenas noches.* Y él me contestó *Creo que los dos sabemos que eso no es verdad.* Entonces, se me acercó, me cogió en brazos y me besó en la boca. Y no un beso cualquiera, sino un beso de pasión. Hasta creo que ya entonces mojé un poco.

— Me muero. Si no fuera tan temprano, me tomaría un martini.

— Yo también.

— ¿Y cómo fue en la cama?

— Con diferencia, el mejor y más considerado amante que he tenido nunca, aunque solo he estado con otros dos antes. Pero, fue increíble. Su misión fue darme placer. Cada vez que intentaba hacer algo que podría excitarlo, como llevármelo a la boca, que estaba deseando, se hacía con el control y cambiaba el juego. Fue meticuloso y preciso. Y cuidadoso. Abrupto a veces, pero principalmente delicado y considerado. Me miró continuamente a los ojos. Creo que estuvimos así por tres horas o más. Fue increíble.

— No puedo creer que finalmente haya pasado.

— Yo tampoco.

— ¿Qué os dijisteis después?

— No, lo importante es lo que dije durante.

— ¿Qué quieres decir?

— Es posible que le dijera lo que sentía. —Pestañeé con sorpresa—. Me temo que le dije que lo quería.

— No es posible.

— Lo es. Y es la verdad. Lo quiero. He esperado meses para que pasara lo de anoche. Finalmente, tuvimos verdadera intimidad. Así que se lo dije.

— ¿Y qué te dijo él?

— Esa es la cosa —dijo.

— ¿Qué cosa?

— Él no respondió. Cuando se lo dije, se corrió inmediatamente.

— ¿Y qué crees que eso significa?

— No lo sé.

— Quizás al decirle que lo amabas lo llevaste al límite.

— Me gustaría creerlo así, pero él no me dijo nada. En ese momento estábamos derrotados y yo me sentí como una tonta por haber dicho nada. Pero me sonrió. Y me acurrucó en sus brazos nada más decírselo. Me apretó contra él y me pasó los labios por el cuello, besándomelo hasta quedarnos dormidos.

— ¿Y cómo has dormido?

— Como un bebé. Me tuvo en sus brazos toda la noche.

— Bueno, esto va por buen camino.

— Me hubiera gustado que compartiera el sentimiento.

— Ya lo hará. Quizás esta noche. Tenemos que hacer que pase. Por algo es Nochebuena. ¿Qué te vas a poner?

— Decepción, ruina, caos.

— ¿Qué estás diciendo?

— Que Blackwell y sus hijas van de firma. Tengo la impresión de que tú también. Y Alex. ¿Y yo? Un vestido de Bloomingdale's rebajado al 70%. Me costó doscientos dólares, que es lo que me puedo permitir. Es bonito, pero nada especial. No se puede comparar a lo que los demás llevaréis esta noche.

— ¿Crees que eso le va a importar a Tank?

— Por supuesto que no. A él no le importa nada esa clase de cosas. Pero me importa a mí. Quiero deslumbrarlo.

Me levanté de la cama y fui a mi armario. Saqué un paquete envuelto en papel de regalo y se lo di a ella.

— Este es uno de mis regalos de Navidad para ti —dije.

Me miró sorprendida.

— ¿Qué es?

— Ábrelo

— ¡Jennifer! Esto es demasiado.

— Ni siquiera sabes lo que es.

— Claro que lo sé. Te conozco como a mí misma. Ay, Dios. ¿Qué has hecho?

— Venga. Ábrelo.

Rompió el envoltorio y miró la caja. Prada.

— ¿Te acuerdas de ese día? —le pregunté—. Hace meses, cuando me llamaron para entrevistarme en la Wenn. Tú y yo fuimos a Prada y compré un conjunto que no podía permitirme. Tú me empujaste. Por eso, he encontrado esto para ti. Te mereces algo especial de Prada. Vamos, ábrelo.

— ¿Qué me has comprado? —preguntó abriendo la caja, vio el tejido rojo luminoso y casi se desmaya al sacarlo y tenerlo delante—. Jennifer.

— Y tengo unos Louboutins a juego. Te los doy luego.

— ¡Qué preciosidad!

Tenía que admitirlo. Era algo especial. De seda, un traje largo en A con pedrería en el cuello que dejaba al descubierto uno de sus hombros. Sin mangas. Tenía una cola larga, teatral, que Lisa podía recoger atrás y coquetear con ella. El traje era de un rojo tan intenso que se pasaba de rojo. Pero era como a Tank le gustaba verla y eso era lo que iba a ver esa noche.

— No sé lo que haría sin ti —dijo.

— Me he traído toda mi joyería —dije—. Estarás bien surtida en ese departamento también.

— ¿Y si no me sienta? —dijo.

— Es tu talla, pero ya he hablado con Blackwell de ello. Si no te queda exacto, me ha dicho que no te preocupes, que tiene unos cuantos trucos debajo de la manga. Pero tienes que probártelo —dije— o no tendrá tiempo de hacerte ningún arreglo. Es tu talla, la talla perfecta que yo nunca tendré. Pero con trajes exclusivos no se sabe, así que Blackwell está lista para salir al rescate en cualquier momento.

— ¿Es exclusivo?

— Lo es.

— No sé qué decir. Déjame probármelo.

— Voy a por los zapatos, y luego por Blackwell.

— No me lo puedo creer.

— Espera y verás el collar que te tengo reservado. Y la pulsera y los pendientes. Esta noche, quiero que hagas una gran entrada. Quiero a Tank esperándote en el salón cuando sirvamos el champán. Quiero que esté impaciente. Quiero que te vea cuando entres en el salón y quiero que las chicas se queden boquiabiertas, algo con lo que podemos contar, seguro. Esto lo va a poner en órbita. Te lo prometo.

Se levantó y se puso el vestido por encima.

— ¡Qué ligero es!

— Para ti —dije.

Treinta minutos después, Blackwell se unió a nosotras en la habitación y nos dio su total aprobación.

— Es sublime —dijo—. No hay que hacerle nada. Fíjate cómo sienta aquí y aquí, Jennifer. Perfecto. Y la cola le va a dar mucho juego. El largo queda perfecto con los zapatos, que tengo que decir que son maravillosos. Me alegra ver que has estado poniendo atención y que has aprendido de mí. Lisa, vuélvete para que pueda abrocharte el collar. Ya está. Preciosa. Te cae perfectamente sobre el escote, como si fuera un indicador apuntando directamente a las tetas, que es la intención, me imagino. ¿Qué hombre podría resistirlo? Ahora, la pulsera. Déjame, te ayudo. Lisa, deja de temblar, por amor de Dios. Vas a hacer que la casa se tambalee como hiciste anoche. Enséñame la muñeca. Déjame ver. Preciosa. Los pendientes, toma. Póntelos, pero con pulso firme o te harás sangre. Sí —dijo echándose hacia atrás para inspeccionarla— espectacular. ¿Vas a llevar el pelo recogido o suelto? Veamos si respondes correctamente.

— Estaba pensando en un moño alto, para que Tank pueda apreciar mi cuello.

— Y la garganta, y la cara, y las joyas. Correcto —dijo Blackwell—. Veamos qué pasa esta noche después de que adornemos el árbol, lo que deberíamos hacer en cuanto me duche. Dadme treinta minutos y os veo abajo. La tarta está terminada y tengo que deciros que tiene una pinta magnífica. Cuando acabemos el árbol, las chicas deberíamos preparar los aperitivos y enfriar las copas porque sé lo mucho que os gustan vuestros martinis. Creo que yo también saborearé uno. Después de eso, nos arreglamos para la velada. ¿De acuerdo?

— Nunca da un paso sin un plan previo —dije.

— Soy eficaz, Jennifer. Observa y aprende por ósmosis.

— Lo intento.

— Y bien —dijo, extendiendo las manos hacia Lisa—, te lo pasaste bien con Tank anoche, ¿no? ¿Cómo fue la cosa?

Lisa enrojeció.

— No quiero detalles, por favor. Solo tengo curiosidad por saber si se dijo algo importante aparte de todo ese ruido de quejidos y rugidos que oímos.

— ¿Lo oyeron?

— Querida mía, lo oyeron hasta en Manhattan. No se habla de otra cosa ahora mismo.

— Me temo que se me escapó decirle que lo quería.

— Vaya. No es poca cosa. ¿Qué te dijo él?

— ¿Decir, decir?

— Escúpelo de una vez.

— Está bien. Se corrió cuando se lo dije.

Blackwell levantó la barbilla y se atusó el pelo.

— Bien, bien —dijo—. Una respuesta inesperada. Le dijiste que lo querías y se corre de gusto. Qué primario por su parte. —Miró a Lisa a los ojos—. Pero sigue siendo una respuesta, después de todo. Algo que quería oír, porque si no hubiera querido oírlo se le habría aflojado todo ahí mismo.

— Tiene sentido —dije.

— Por supuesto que lo tiene. Es la verdad. Cuando en una situación, llamémosle, íntima, eres la primera en decir que amas a tu pareja y tu pareja no está lista para oírla, el coito se convierte en un desastre. Por el contrario, Tank vio estrellas, constelaciones y el universo entero.

— Pero sigue sin ser una respuesta seria.

— Mira, obviamente no respondió apropiadamente y no, esto no es algo que compartirías con tus nietos cuando seas mayor y recuerdes cómo los dos os enamorasteis. Pero esta noche, enfundada en ese traje y adornada con esas joyas, ten por seguro que te dirá cómo siente. Conozco a ese chico. Sé lo que le ha costado confiar en ti para llegar a lo de anoche. Es un hombre muy cauto. Después de haber sido traicionado por esa arpía cuyo nombre no repetiré, no va a poner el corazón en riesgo. Creo que tú lo has visto y lo has sufrido. Lo que tienes que saber y apreciar es que tampoco se toma el corazón de nadie a la ligera, Lisa. Es un hombre. Antes de él solo has salido con niños. Sí, no ha dicho exactamente lo que siente, pero te lo dirá de alguna manera. Así que esta noche intentaremos cerrar el asunto. A ver qué pasa. En algún momento te llevará a un apartado y te dirá algo importante. El misterio es qué te dirá exactamente.

CAPÍTULO QUINCE

AL ATARDECER, UNA VEZ que el árbol estuvo listo y Alex ayudó a Alexa a hacer su muñeco de nieve mirando al mar, *antes de que la acidez fuera tanta que dejáramos de tener vida en el mar,* nos fuimos a nuestras habitaciones para arreglarnos para la noche. Era Nochebuena, Blackwell tenía música navideña puesta, el árbol estaba iluminado, una montaña de regalos se apilaba debajo del mismo, calzas de fieltro colgaban de la chimenea y todos esperábamos la noche con expectación.

Alex y yo nos cambiamos por separado. Ninguno de los dos quería saber qué se pondría el otro. Mientras él se preparaba en la habitación, yo terminé de plancharme el pelo en el cuarto de baño y descolgué el traje que colgaba de un gancho detrás de la puerta. Me decidí por un vestido largo de terciopelo con un escote en uve, con un recortado por delante y un corte en forma de rombo en la espalda, de Stella McCartney. Cuando me lo puse, me pareció estilizado y asombroso, un traje para asombrar a un hombre único. Me costó una pequeña fortuna, pero viendo en el espejo que tenía el largo perfecto, cubriendo los casi seis centímetros de tacón, supe que había merecido la pena.

Lo va a impresionar, pensé.

Seguí los consejos de Bernie cuando me maquillé. Quería los ojos enigmáticos y los gruesos labios rojos que él me había enseñado a lograr en varias ocasiones. Los labios fueron fáciles de conseguir, pero la sombra de ojos fue un reto. Lo hice lo mejor que pude y no estaba del todo insatisfecha con el resultado. Con el pelo despejado de la cara y cayendo sobre la espalda, pensé que el *look* era apropiado y suficientemente formal.

Gracias, Bernie.

Decidí ponerme la pulsera con motivos florales y ónice negro de Tiffany que recientemente me había regalado Alex. Era un brazalete con hojas de platino engarzadas de brillantes en cuyo centro había un ónice negro de sesenta quilates. Era una obra de arte de un imposible intricado diseño. Como el vestido no tenía mangas, necesitaba algo con sustancia para ponerme en la muñeca derecha, que es donde me lo puse. En la mano izquierda llevaría solo mi anillo de compromiso. Nada más que le hiciera sombra. Como pendientes elegí dos solitarios, y para el cuello un diamante enorme en forma de lágrima que colgaba justo al empezar los pechos.

Terminé de vestirme, me puse perfume en el dedo y me di con él detrás del lóbulo, un olor sutil, sin excesos. Respiré hondo y me pasé revista en el espejo. Sin la ayuda de Bernie o de Blackwell, era todo lo que podía hacer por mí, pero, como había aprendido de ellos durante meses, su influencia se veía por todas partes. Gracias a ellos y a lo que me habían enseñado, tenía las estrategias para salir airosa.

Ahora, a ver a Alex.

Cuando salí del baño, estaba a los pies de la cama esperándome, con las manos en los bolsillos y su sonrisa traviesa.

— ¡Guau! —me dijo cuándo me vio—. Estás asombrosa.

— ¿Tú crees? No es lo mismo que cuando tengo la ayuda de Bernie y Blackwell. Espero que te guste. Y espero que ella me dé su aprobación.

— Me encanta. Blackwell estará orgullosa de ti. Estás increíble, Jennifer. Y *sexy*.

Él llevaba un clásico esmoquin negro, unos zapatos preciosos, y una raya al lado y peinado hacia atrás con algo de fijador. Le brillaba el pelo.

— ¿Podrías ser más guapo? —pregunté.

— Quizás.

— Lo dudo.

Me acerqué a él y lo besé ligeramente en los labios para no mancharlo de carmín. Aunque lo manché de todas maneras. Lo limpié con el dedo mientras que él miraba mi collar.

— ¿Estás segura que quieres ponerte eso? —me preguntó.

— ¿No va bien? Tengo otros. ¿Qué tenías pensado?

— Esto.

De la chaqueta sacó un collar de diamantes y me lo puso delante.

— Tenía el presentimiento de que te pondrías ese brazalete, así que fui y te compré esto. Espero que no te importe. Es de estilo art-decó, como el brazalete. ¿Qué te parece?

No le quitaba los ojos de encima.

— Es precioso —dije. Y lo era. Lo reconocí como uno de los collares que estaban en el escaparate de Tiffany en la Quinta. Era uno de los collares de aros de brillantes de Tiffany formando sinuosos entrelazados. Debía ser de unos cincuenta centímetros de largo, perfecto para el vestido que llevaba, y complementaba mi brazalete mucho mejor que la lágrima que yo había elegido.

— Es demasiado.

— No lo es. ¿Te gusta? ¿Te gustaría llevarlo esta noche? No tienes que hacerlo.

— ¿Me lo preguntas? —dije acercando el brazalete al collar—. Mira lo bien que van juntos. Como si estuvieran hechos el uno para el otro. Gracias. Te comería a besos ahora mismo, pero llegaríamos una hora tarde. Tendríamos que rehacer todo y tú no podrías quitarte la barra de labios de encima.

— Quizás nos preocupemos de eso más tarde.

— Quizás tengamos que hacerlo.

— Date la vuelta. Déjame ver cómo queda.

— No puedo creer que me hayas comprado esto.

— Es uno de tus regalos de Navidad.

— ¿Uno de ellos?

— Uno de ellos. Esta noche, vamos a celebrar con nuestros amigos que vamos a casarnos. Quería comprarte algo especial para la ocasión. Solo vamos a vivirla una vez.

— Alex... —Me di la vuelta y sentí sus manos tibias contra mi piel mientras quitaba un collar y me ponía el otro. Presioné las piedras frías contra mi pecho y me volví de nuevo hacia él—. ¿Qué te parece?

Me miró un instante antes de decir nada.

— Yo sé lo que me parece. Lo que importa es lo que te parece a ti. —Se acercó hasta un armario antiguo que había en un rincón de la habitación cuya puerta era un espejo ovalado—. Mírate.

Me acerqué pero la luz de la habitación era demasiado débil para verlo bien. Decidí ir al baño, encendí la luz y no pude creer lo perfecto que era aquel collar, desde la compleja elaboración a la delicadeza del diseño. Me encantaba. Era un el mejor complemento para mi brazalete. Una vez más, acertó. Una vez más me sentía más que agradecida. *¿Cómo es posible que esta sea mi vida?* Volví a preguntarme. *¿Cómo pudo sucederme algo así a mí?*

Nunca lo entendería, pero allí estaba. Mirándome al espejo me sentí algo abrumada por mi buena fortuna. Cuando Lisa y yo llegamos a Manhattan en mayo, había ahorrado lo justo sirviendo mesas en Pat's mientras estábamos en la universidad para pagar unos pocos meses de renta en la ciudad y el resto para comer sopa de fideos envasada, beber vodka barato, café barato y pagar la electricidad mientras buscaba trabajo. Pasaron meses antes de mi encuentro con la Wenn. Ahora, después de recorrer un camino un tanto tortuoso, había llegado a donde estaba. Por alguna razón. No entendía muy bien lo que había pasado, pero había pasado. ¿Por qué a mí? No era nadie. Venía de la pobreza y el abuso. ¿Cómo podía ser aquella mi vida en ese momento?

Me miré al espejo y pensé *¿Cómo has podido tener tanta suerte?*

Alex se apoyó en el quicio de la puerta.

— ¿Y bien?

En ese momento me lancé a sus brazos, sin cuidado, y le cubrí de besos los labios y las mejillas. Cuando paré, nos miramos al espejo e intenté reparar el destrozo que le había causado.

CAPÍTULO DIECISÉIS

CUANDO BAJAMOS AL PRIMER piso, todo estaba listo para la ocasión. Dinah Washington cantaba "Noche de Paz" desde el amplificador del iPod. Me hizo recordar a mi tía Marion y mi tío Vaughn, fallecidos mucho tiempo atrás. A mi tía Marion siempre le gustaba oír a Dinah Washington, Gladys Knight, Luther Vandross, Barbra Streisand y Aretha Franklin durante la Navidad. Era uno de mis recuerdos más entrañables porque con ellos dos siempre me sentí protegida y querida como no lo era en mi propia casa.

Me sentí algo culpable por habernos retrasado, pero a nadie parecía importarle. Cuando entramos en el salón, todos tenían ya una bebida en las manos, incluida Blackwell, que saboreaba un martini como todos los demás, excepto Tank, que bebía una Guinness y lucía espléndido en su esmoquin.

¡Dios! Este hombre es enorme.

Al contrario que Alex, Tank elevó su esmoquin a la altura de la ocasión. Su pajarita era de color rojo luminoso, bien para ir a juego con el traje de Lisa o para hacerle un guiño a la Navidad. Francamente, nunca me lo hubiera esperado de él. Siempre me había parecido tan conservador. Ese toque de rojo era tan completamente inesperado como bienvenido. ¿Quién era Tank? Tenía la sospecha de que lo iba a saber pronto.

La elección de su corbata me mostró un lado de él que me gustó. Su lado más natural, su disposición a aventurarse y divertirse. Con Lisa a su lado en aquel espléndido vestido rojo y su pelo recogido en un moño alto, me parecieron la pareja perfecta. El corazón se me aceleró ligeramente cuando vi que estaban cogidos de la mano. Le hice un guiño a Lisa y ella parpadeó cuando le echó la mirada al collar que yo llevaba. Luego me miró el vestido y el brazalete y me hizo un gesto con la cabeza.

— Luego te cuento —le dije moviendo solo los labios.

— Bueno, bueno —nos dijo Blackwell a Alex y a mí— ¿Teníais intención de causar impresión? ¿No? No estoy segura. De todas maneras, lo habéis hecho. Y tú estás divina, Jennifer. Como si acabaras de salir de las manos de Bernie. Buen trabajo, querida. Buen trabajo. Has puesto atención, me alegro. Y Alex, estás hecho un pincel con ese esmoquin. Tomaos un cóctel con nosotros. Probad los aperitivos que hemos preparado. Nadie ha cenado todavía, y yo encantada con no cenar. Tuve tiempo de masticar un vaso lleno de hielo antes de arreglarme, pero sé que los demás estarán hambrientos. Así que picad de lo que hay por las mesas. Hay platos en la cocina y toda clase de comida preparada en la isleta.

— Está guapísima —le dije.

— ¿Lo dices por este trapito de nada?

— ¿Trapito de nada? ¿Qué lleva puesto?

— Es un viejo Dior.

— De viejo nada.

Levantó los brazos y se dio la vuelta para que pudiera admirar el traje azul marino largo que llevaba mientras que Alex me susurraba al oído que iba a buscar unos martinis.

— Bueno, quizás sea nuevo.

— Nuevo y *chic* —dije—. Y esas perlas son lo más.

— ¿Te gustan?

— ¿Bromea?

— Arrancarles las perlas a las ostras es lo peor que alguien podría hacer —dijo Alexa—. Es perjudicial para el mundo oceánico. Una ostra tarda años en formar una perla. Arrancarlas no es diferente que arrancarle un hijo a una madre.

Blackwell se volvió hacia ella.

— Déjame decirte algo, querida hija. Uno de estos días, estas perlas te harán la vida más fácil. Como todas las cosas que he adquirido con los años.

— No quiero una vida fácil.

— Ni pienso que debieras tenerla tampoco. Hay que trabajar duro. El trabajo es importante, pero cuando me hayas dado mi última cucharada de papilla y me caiga muerta en una silla de ruedas, todo lo que tengo será tuyo y de tu hermana. Tú puedes ser una ingenua y dar todo a la caridad, lo que no me sorprendería, o puedes invertir en tu futuro. Te recomiendo lo segundo. Ahora —dijo volviéndose hacia mí con fuego en la mirada—, déjame ver ese collar de sueño.

— Alex acaba de regalármelo.

— Va divino con el brazalete.

— Esa era la intención.

— Ese chico es un amor.

— Y que lo digas. ¿Cómo he podido tener tanta suerte, Bárbara? No me refiero a las cosas que me ha dado. Me refiero a él, a estar con él. ¿Cómo puedo ser tan afortunada?

— ¿Por qué te lo cuestionas? —dijo—. Estáis hecho el uno para el otro. Es evidente. Disfrútalo. Está bien que te sientas agradecida, pero ese hombre, ahí en la cocina, el que está agitando las bebidas, te aseguro que sería el primero en decirte que él es el que ha tenido más suerte. Piénsalo.

LA FIESTA ESTABA AVANZADA cuando Alex y yo decidimos decirles a todos la fecha de nuestra boda. En ese momento, íbamos por nuestro segundo martini, habíamos hablado con todos y cada uno, probado toda clase de aperitivos y empezábamos a sentir que la noche se iba apagando. El día siguiente sería un día importante para Blackwell. Estaba decidida a hacer la cena de Navidad. Si nos permitiría ayudarla o no seguía siendo una incógnita, pero tras el éxito que ella y sus hijas habían tenido con los postres, tenía el presentimiento de que lo haría todo ella sola. Y eso me preocupaba.

Le di un tirón del brazo a Alex.

— ¿De verdad crees que es buen momento?

— Lo he estado esperando desde que aceptaste el anillo.

Me sonreí.

— Sí, pero ¿es el mejor momento?

— Por supuesto. Se está haciendo tarde. Vamos a bajar la música y decírselo.

— Una cosa antes. ¿Qué tal si preparo una bandeja con copas de champán para todos y luego hacemos el anuncio?

— Perfecto. Pero Tank probablemente prefiera otra Guinness.

— Una Guinness para él, entonces.

Cuando volvimos con las copas en una bandeja de plata, Alex bajó la música, yo empecé a ofrecer una copa a cada uno y terminé con Lisa y Tank.

— Lisa, champán para ti. Tank, una Guinness para ti.

— ¿Y esto? —me preguntó Lisa.

— Ya verás. Por cierto, Tank, no te lo había dicho pero tu pajarita es adorable.

— ¿Adorable? No sé si esa era la intención.

— Bueno, pues lo es.

— Gracias —dijo—. Supongo que puedo ser adorable. Mi abuelo solía decírmelo cuando era un niño.

— Y tenía razón. Eres adorable —dijo Lisa.

La miró desde lo alto, la besó en la frente y la abrazó arrimándola contra él.

¡El romance estaba servido!

Me volví a Alex, que cogió las dos últimas copas de la bandeja. Dejé la bandeja sobre una mesa. Me dio una de las copas, las chocamos y me preguntó si podía ser él quien diera la noticia.

— Lo prefiero.

— ¿Qué pasa? —dijo Daniella—. ¿A qué viene todo esto?

— Escucha y calla —dijo Blackwell—. Y pon atención. Alex te conoce y te quiere desde que naciste. Este es un momento importante para él, así que pórtate bien y guarda silencio.

— Como tú digas.

— Un momento —dijo Alexa—. Antes de que Alex diga lo que tenga que decir. Hemos usado muchas botellas aquí esta noche. Tenemos que reciclarlas antes de irnos de aquí. Es importante. Por el planeta —dijo levantando el puño.

— ¿En serio? —dijo Daniella—. Tengo una pregunta para ti, Alexa. Has estado menstruando desde que llegamos. Lo he visto. Tienes exceso de flujo. ¿Tus compresas son biodegradables? ¿Eh? ¿Las estás reciclando o echándolas al inodoro? Creo que sé la respuesta. Tienes mucho cuento.

— No es lo mismo.

— Lo que tú digas, Alexa.

— Eres una hija de puta, Daniella.

— Alexa —dijo Blackwell—. ¿En qué me convierte eso a mí?

— No quise decir eso, mamá. Es que es importante que reciclemos cuando podamos. ¿Por qué me siento tan sola? ¿Es que nadie lo entiende?

— Es porque eres una teatrera.

— Se acabó, Daniella —dijo Blackwell—. Y no estás sola, Alexa. Sé que esto es importante para ti. Lo reciclaremos. Ahora, calladitas y a escuchar.

Alex y yo estábamos delante del árbol de Navidad, que se recortaba detrás de nosotros con el resplandor de las luces. Alex miró a Blackwell, quien, con una expresión de cansancio, le hizo un gesto de aprobación para que empezara a hablar.

— Todos sabéis que Jennifer y yo estamos prometidos. Pero hay otras cosas que no sabéis. Primero, ya tenemos fecha para la boda.

— Dios mío. ¿Cuándo? —dijo Lisa.

— El año que entra.

— ¿Qué día del año?

— El cuatro de julio.

— El Día de la Independencia. ¿Habrá fuegos artificiales? —dijo Daniella.

— Exactamente —dijo Alex—. Y tendrás todos lo que puedas desear. Quiero que todos sepan lo feliz que soy, lo feliz que espero que Jennifer sea. Se lo he dicho a ella unas cuantas veces, pero quiero que todos sepan que ella es el amor de mi vida. Mi mejor amiga, mi primer y último pensamiento del día. Ha permanecido a mi lado como pocos lo han hecho y ahora mismo, aunque Tank pueda no estar de acuerdo conmigo, estoy completamente seguro de que soy el hombre más afortunado del mundo. —Alex se volvió para mirarme, vi el brillo en sus ojos cuando se encontró con los míos y levantó su copa de champán hacia mí—. Gracias por aparecer en mi vida, por estar a mi lado cuando otra se habría alejado para siempre por todo lo que nos ha pasado. Eres única, Jennifer. Eres fuerte e inteligente. La mujer más guapa del mundo. Doy gracias porque vas a ser mi mujer y yo voy a ser tu marido, y porque vamos a formar una familia juntos.

— ¿Estás embarazada? —preguntó Alexa.

Me reí y la miré.

— No Alexa. La boda primero. Luego un año o tres de ser solo los dos. Y luego empezaremos una familia.

— Menos mal —dijo Blackwell—. Como debe ser. Poned atención, chicas. Así es como hay que hacerlo.

— ¿Puede decirte algo a ti? —pregunté a Alex.

— Por supuesto.

— Si me emociono, por favor no me miren, me pongo muy fea, pero es que amo a este hombre, de quien no me alejaría nunca sean los que sean los retos que tengamos por delante. Tienes que saberlo. Tienes que saber que nunca lo haría. Te lo he demostrado. Si tienes algún temor, puedes estar tranquilo. No puedo esperar a que llegue nuestra boda y a tener a todos nuestros amigos alrededor ese día. No puedo esperar a despertar cada mañana a tu lado. Bueno, ya lo hago, pero tú me entiendes. Pero lo que anhelo especialmente es la gran aventura que tenemos por delante. Te quiero con locura. Lisa te lo puede decir. Creo que me enamoré de ti el día que salí de estampida de la Wenn y me ayudaste a rescatar mis currículos. —Al recordar ese día se me saltaron las lágrimas—. Fue entonces cuando mi vida cambió por completo, en lo bueno y en lo malo. Y eso es lo que nos vamos a decir el 4 de julio. En lo bueno y en lo malo. No puedes imaginarte lo ansiosa que estoy de repetir esas palabras y ser oficialmente tu esposa.

Y así, me incliné hacia adelante y lo besé mientras nuestros amigos aplaudían y Tank silbaba.

— Y ahora... —dijo Alex cuando nos separamos.

— Espera un segundo. —Con mi servilleta de cóctel le limpié los labios manchados de carmín—. Ahora.

— Necesito un padrino —dijo Alex. Se dirigió a Tank—. Y me gustaría que el padrino fueras tú. Nos conocemos hace años. Eres la persona más decente que conozco. ¿Qué dices? ¿Estás conmigo?

— Siempre estoy contigo. Lo estaré cuando te cases también. Absolutamente. Con mucho gusto.

— Y Lisa —dije—, no hay necesidad de preguntarte, pero ¿quieres ser mi madrina?

— Como si fuera a decir que no.

Me volví hacia Bárbara, de pie a otro lado de la habitación, cerca de la entrada al pasillo que daba a la cocina, la copa de champán burbujeando en sus manos. En su cara se dibujaba un conflicto de emociones como no había visto nunca. Parecía pensativa, partícipe del momento, sí, pero también ausente. Me pregunté dónde tendría el pensamiento. Nos miraba, pero más bien miraba a través nuestro, a un vacío. Había una felicidad melancólica en su expresión.

— Bárbara —dije.

Reaccionó inmediatamente.

— ¿Sí? Lo siento. Se me fue el santo al cielo. Por supuesto que le pediré a Bernie que te peine y te maquille, Jennifer. Me encargaré de todo eso. Y de tu vestido. Las tres juntas encontraremos el vestido perfecto.

— Se lo agradezco, pero no era eso lo que quería preguntarle. —Hizo ademán de hablar, pero se detuvo—. No es ningún secreto que la veo como una figura materna.

— Eso me temo —respondió.

— Realmente no tengo un padre o una madre. Los perdí hace años, afectivamente hablando. ¿Me preguntaba si me acompañaría hasta el altar? Significaría mucho para mí.

— ¡Querida mía! —dijo.

— ¿Lo hará?

Cruzó la habitación, me abrazó y me habló al oído.

— Mi querida niña. Por supuesto, tu madre te acompañará hasta el altar.

ALGO MÁS TARDE, CUANDO la fiesta hubo terminado y todas las copas y los vasos estaban en el lavavajillas, Lisa y yo nos unimos a Blackwell, Daniella y Alexa, y guardamos los restos de los aperitivos en el frigorífico.

Las chicas estaban del todo entusiasmadas con la boda.

— Ya que soy oficialmente la ecologista del grupo, ¿puedo llevarte las flores? —preguntó Alexa.

— Estás muy mayor para eso —dijo Daniella.

— No, no lo estoy.

— ¡Por favor! Y, por cierto, ¿no eres un poquito hipócrita? Estarías privando a las abejas de flores solo para poder arrojar pétalos en el pasillo abriendo el paso a Jennifer. Dime cómo puede ser bueno para el medio ambiente.

Alexa abrió los ojos de par en par.

— No lo había pensado —dijo—. Tienes razón. Me he convertido en lo que más odio. Necesitamos salvar las abejas. ¿Qué estaría pensando?

— No en el medio ambiente, eso seguro. —Daniella se volvió a mí—. Por cierto, un collar precioso, te sienta muy bien. ¿Dónde vas a celebrar la boda?

— No sabemos todavía. Quizás en cierta isla.

— ¿Qué isla?

— Lo sabrás en su momento.

— No seas evasiva.

— Quizás tengamos más sorpresas guardadas. Pero esas las revelaremos cuando se acerque la boda. Alex y yo aun necesitamos hablarlas y planearlas. Todavía faltan algunos meses.

— Nunca es demasiado pronto para hacer planes —dijo Blackwell.

— Lo sé.

Cuando estábamos terminando, Alex y Tank entraron en la cocina. Lisa y yo envolvíamos en plástico los últimos restos de comida.

— Hola chicos —dijo Daniella—. Vaya por Dios. Llegáis tarde para limpiar. ¿Os lo podéis creer?

— No sé cómo hemos podido perdérnoslo —dijo Alex—. ¿Tú, Tank?

— Ni idea.

Sentí el brazo de Alex rodeándome la cintura a la vez que me besaba en la nuca.

— Solo vine para decirte lo mucho que te quiero.

— Ya vale —dijo Daniella—. Demasiado edulcorante, voy a devolver.

— Coge una bolsa entonces —dijo Tank.

Ella le hizo una mueca con la cara.

— ¿Por qué?

— Te estoy avisando.

— ¿Avisándome de qué?

Vi que le pasaba el brazo por la cintura a Lisa y que la besaba también en la nuca.

— De que es posible que yo viniera también a la cocina para decirle a Lisa que la quiero.

CAPÍTULO DIECISIETE

LA MAÑANA SIGUIENTE, Alex y yo nos despertamos temprano. Por primera vez en muchos años me desperté el día de Navidad con anhelo y no con desencanto. No podía esperar a darles a Alex y a todos los demás sus regalos. No podía esperar para llevarme a Lisa a un apartado y hablar del anuncio que hizo Tank la noche anterior. Iba a ser un día completo antes de salir al día siguiente por la mañana de vuelta a Manhattan. O al menos así pensé que sería.

Cuando me senté en la cama y miré por la ventana, vi que aun nevaba, pero ahora con más intensidad y con un fuerte viento. Al fondo, era un azul de aguas turbulentas salpicadas de hielo que rompían violentamente contra la costa.

— Tenemos tormenta —dije.

Alex se sentó a mi lado y entornó los ojos para mirar?

— ¿De dónde ha salido esto?

— Ni idea, pero no he estado poniendo mucha atención al parte meteorológico. Espero que no nos quedemos sin electricidad. Eso sería lo peor. Ya estoy lo suficiente preocupada con que Bárbara acabe bien el día. Gracias a Dios, la cocina y el horno son a gas, pero el día es muy corto y va a necesitar luz para cocinar. No puede hacerlo sin la luz adecuada.

— ¿Por qué crees que tenemos un generador?

— ¿Tenemos un generador?

— Me aseguré de eso antes de venir.

— ¿Se te pasa algo alguna vez?

— Cuando no quieres que nada salga mal, piensas en lo que puede ir mal, llamas a la gente indicada, en este caso al cuidador de la casa, y lo tienes todo arreglado. Y eso es lo que hice.

Recorrí con los dedos las curvas de su perfectamente delineado tórax.

— ¿Y qué tal si yo me hago cargo de usted, Sr. Wenn?

— ¿Y qué tal si yo le devuelvo el favor, Sra. Kent?

— ¿Qué tal si me comporto como una loca?

— ¿Qué tal si te pongo en mis rodillas y te doy una buena azotaina en el trasero?

Me reí, nos escurrimos entre las sábanas e hicimos el amor.

ERAN SOLO LAS NUEVE cuando terminamos de ducharnos y vestirnos. Quería bajar pronto en caso de que Blackwell necesitara ayuda. Ya podía oír ruidos viniendo de la cocina. A menos que hubiera decidido dejar a sus hijas que la ayudaran, algo que dudaba, estaría allí sola. Lo menos que podía hacer era preguntarle si necesitaba ayuda.

Pero cuando entramos en el salón, Daniella y Alexa estaban acurrucadas a cada extremo del sofá, mirando al mar y a sus iPads. Nos miraron.

— ¿Preparados? —dijo Daniella.

— ¿Para qué?

— El mayor espectáculo del mundo.

— Es épico —dijo.

— ¿Se han levantado Lisa y Tank?

— Esos dos tortolitos no van a salir del nido hasta la hora de comer.

Alexa hizo una indicación con la cabeza hacia la cocina.

— Echad un vistazo, pero os lo advierto, es peligroso.

— ¿Peligroso? ¿Por qué?

— Ya verás.

Prevenidos, Alex y yo fuimos a la cocina y nos quedamos inmóviles, literalmente. Blackwell había prohibido el paso a la cocina con tiras de cinta amarilla, como la usada en las investigaciones criminales. En letras negras, se podía leer: CUIDADO. PROHIBIDO EL PASO. PELIGRO. INVESTIGACIÓN CRIMINAL.

— ¡Dios mío! ¿Qué es esto? —dije.

— Te he oído, Jennifer —dijo Blackwell—. No te atrevas a acercarte más. Quédate en el pasillo. En el comedor hay café, roscas de pan, *croissants*, queso de untar, mantequilla y bebidas frías. No hay razón para que me moleste nadie. Comemos a la una en punto.

— Habrá algo que podamos hacer.

— Claro que sí. No me distraigas. Obedece las señales. Pero si sientes que tienes que ayudarme, tengo una idea.

— ¿Cuál es? Ya sabe que sí quiero ayudar.

— De acuerdo. Más tarde, Lisa y tú podéis poner la mesa en el comedor. Algo elegante. Usad la vajilla y los cubiertos de fiesta. Todos de domingo. Arreglados pero cómodos. Yo ya estoy vestida. No he dejado nada al azar. La frondosa *Contessa* me va a ayudar a salir airosa. Espera y verás.

Oí lo que parecía un procesador de cocina ponerse en marcha y pararse en seco inmediatamente.

— No, no puede ser así —dio Blackwell—. No puede ser así en absoluto.

Miré a Alex y él se limitó a mover la cabeza de un lado a otro. Era su forma de decirme que la dejara sola, como ella quería. El procesador sonó otra vez, seguido de un suspiro de frustración cuando lo paró de nuevo.

— Esto no se parece en nada a la foto. ¿Cómo he podido hacer una placenta? ¿Qué es esto?

¿Una placenta? Ay, Dios.

— Bueno, estamos por aquí —le dije—. Déjenos saber si necesita cualquier cosa.

— Sí, sí. Divertíos. Poned alguna música de Navidad. No tardaré en poner todo al horno. Después, podemos abrir los regalos antes de comer.

Cuando Alex y yo volvimos al salón, lo hicimos con un cierto temor. ¿Una placenta? ¿Qué podría haber hecho que pareciese una placenta? No como para abrirle a una el apetito. Lo bueno era que si todo se iba al infierno, yo tenía un plan alternativo. Podíamos comer en Crocker House. Si Blackwell no lo conseguía, llamaría como si estuviera haciendo la reserva en ese momento. Confundiría a los del restaurante ya que había una reserva hecha, pero no quería que ella supiera que me había adelantado. No quería ofenderla.

Fue en ese momento cuando la alarma de humos de la cocina se disparó, disparando a su vez el resto de alarmas en la casa. Antes de que pudiéramos llegar a la cocina, oímos a Blackwell

— No hay de qué preocuparse. Solo se me olvidó encender el extractor de la cocina. Todo está bajo control. No hace falta acercarse por aquí. A lo vuestro.

Las alarmas se pararon. Oí cierto barullo que venía de la planta baja. Lisa y Tank.

— ¿Veis? —siguió Blackwell—. No pasa nada. Todo bajo control.

CUANDO EMERGIERON DEL piso bajo, Tank solo llevaba su ropa interior y cara de preocupación. Por su parte, Lisa trataba afanosamente de atarse la bata a la cintura.

— ¿Qué ha ocurrido? —preguntó—. ¿Por qué se han disparado las alarmas de incendio?

— ¡La madre de Dios! —dijo Daniella irguiéndose en el sofá antes de que yo pudiese responder—. ¡Qué bestia! Ahora ya sé por qué te llaman Tank.

— Daniella —dije.

— Pero míralo. Yo me lo imaginaba, pero ni mi imaginación es tan buena. Bien hecho, Lisa.

— ¿No te das cuenta lo grosera que estás siendo en este momento? —dijo Alexa.

— Le estaba haciendo un cumplido.

— Estabas tratándolo como un objeto.

— ¿Qué dices?

— Lo que oyes. Tank es mucho más que unos abdominales increíbles.

— Veo que tú también los has notado.

— Y gracias por hacerlo —dijo Tank con una sonrisa torcida en la cara. Cruzó los brazos sobre el pecho y se le hincharon los bíceps al tiempo que se le inflaban los pectorales—. De verdad, gracias.

Las chicas se habían quedado mudas, mirándolo sin pestañear.

— Verás —dije—. Bárbara se olvidó de encender el extractor de la cocina. Nada más. ¿Por qué no os vestís y tomáis un café con Alex y conmigo? Nosotros también acabamos de levantarnos. Bárbara ha puesto café y de todo en el comedor porque no quiere que nadie la moleste en la cocina, como ya veréis. Ha sido de lo más creativa en su decisión de mantenernos a todos a distancia. Comemos a la una. De domingo. Le he preguntado si necesita ayuda y me ha dicho que si queríamos podíamos poner la mesa, con la vajilla y la cubertería para las ocasiones.

— Por supuesto —dijo Lisa, mirándome a los ojos—. Solas las dos. ¡Qué bien!

Y a solas podremos hablar acerca de lo de anoche. Te he entendido.

— Perfecto. Vamos a movernos. Los regalos a las once, así que tenemos que tener la mesa lista antes de eso.

— Pues ya —dijo ella—. Me ducho luego. Dame un minuto para ponerme algo. ¡Qué alivio! Pensé que habría fuego.

—Y lo habrá —dijo Daniella mirando a Tank—. Lo tienes al lado.

DESPUÉS DE BEBER CAFÉ, Lisa y yo empezamos con la mesa. Puse música de Navidad en el salón y subí el volumen lo suficiente para que pudiéramos hablar privadamente. Cuando estuvimos a solas, sabiendo que las chicas no nos iban a seguir, encontré la ocasión que estaba esperando. Me fui hasta ella y la abracé.

— Los sueños se hacen realidad —dije.

— Eso parece.

— Lo de anoche fue totalmente inesperado.

— No puedo creérmelo.

— Me imagino que os diríais algo más antes de dormir.

— Ni te imaginas.

— Bueno, cuéntamelo.

— Me dio las gracias por haber sido tan paciente con él. Me dijo que era lo que llevaba sintiendo por mí algún tiempo, pero que necesitaba estar completamente seguro antes de decírmelo. Me dijo que no quería herirme si se echaba atrás. Hablamos brevemente acerca de su ex y de cuánto lo hirió que lo engañara, y de cómo le afectó luego. No era capaz de darse a nadie. Le dije que yo había pasado por una situación similar. Luego, volvió a decirme que me quería y yo le dije a él lo mismo, y luego hicimos el amor, silenciosamente esta vez. Con lo gigantesco que es, fue increíblemente delicado conmigo. No necesito nada más esta Navidad. He recibido el mejor regalo que una mujer puede desear.

— Me alegro tanto por ti, Lisa.

— Ya lo sé, lo que lo hace todavía mejor.

— Pongamos la mesa —dije—. Necesitamos hacer algo de ruido.

— ¿Dónde está la vajilla?

— Mira en el *buffet*.

— Ah sí. Somos siete. Tú y Alex deberíais estar a los extremos de la mesa. Pondremos a Blackwell a tu izquierda. Yo a la derecha. Tank a mi lado. Alexa al lado de Blackwell y Daniela al lado de Alexa. No voy a poner a esa al lado de Tank. De ninguna manera.

— No puedes culparla. Era algo digno de ver hace un momento.

— Está buenísimo. Ya lo sé. Y como no soy celosa, me hizo gracia lo que dijo. Y la reacción de Tank fue buenísima. Pueden mirarlo todo lo que quieran. ¿Qué mujer no lo haría?

Mientras ponía copas de vino en la mesa me llegó el olor de algo que Blackwell estaba cocinando.

— Huele eso —dije.

— ¿Qué?

— El aire.

— Huele a pavo relleno.

— Y huele muy bien.

— Lo que importa es que no lo cocine demasiado. Va a tener que estar mirando la temperatura constantemente. Si le queda seco, no va a estar muy contenta. Y adivina quién se lo va a hacer saber.

— Daniella.

— Bingo.

— Alexa probablemente rezará por el animal.

— Ni siquiera sé si come carne.

— No lo había pensado, aunque no ha dicho que no lo haga.

— Lo que Blackwell necesita hacer es envolver el pavo en papel de aluminio y dejarlo descansar unos veinte minutos después de sacarlo del horno. Lo bueno es que tuve ocasión de echarle un vistazo a la receta que está usando y dice exactamente lo mismo.

— Así que es probable que se salga con la suya.

— No perdamos la esperanza.

A LAS ONCE EN PUNTO, Blackwell abandonó la cocina y entró en el salón, tan inmutable y hierática como siempre.

— ¿Hora de abrir los regalos? —le dijo al grupo.

Yo estaba sentada en uno de los sofás con Alex, Lisa y Tank. Habíamos estado hablando y escuchando música. Parpadeé al verla. Estaba perfectamente maquillada, el pelo a la perfección, no había ninguna señal de sudor o estrés en su rostro, y estaba elegantemente vestida de negro. Admiré su conjunto, era sublime. Llevaba una blusa de encaje con motivo de flores de L'Wren Scott con un cuello camisero con volantes que le cubrían la garganta; pantalones rectos de pinzas con bolsillos cuadrados, y un par de tacones d'Orsay de piel de cabrito de Manolo Blahnik. Los conocía bien porque estuve a punto de comprármelos cuando hacía dos semanas habíamos ido juntas de compras. Obviamente, volvió por ellos.

Pero no podía dejar de preguntarme cómo demonios había podido hacer la comida de Navidad subida en esos tacones. Debían tener unos seis centímetros. Y después de preparar todo eso, ¿cómo es posible que estuviera como si nada? Nadie sale de la cocina después de hacer tanta comida sin parecer que acabase de llegar del infierno. Pero, aparentemente, Blackwell sí. Así era como iba por la vida.

De los regalos que abrimos, hubo tres especiales, empezando por el regalo de Tank a Lisa. Era un anillo de Cartier, y no un anillo cualquiera. Después del tiempo pasado con Blackwell, ahora sabía un poco acerca de joyas y por eso sabía que lo que Lisa vio cuando abrió la caja valía una fortuna. Era un anillo de platino con un gran zafiro en forma de corazón rodeado de brillantes montados en cinco capas en abanico, como desprendiéndose de la piedra. Cuando lo vi, mi reacción fue como la de Lisa. Me llevé la mano a los labios.

— Dios mío —dijo Blackwell—. Vamos en serio, ¿No, Tank?

Él le sonrió.

— Muy en serio.

— Magnífico —dijo—. Sencillamente magnífico. Me alegro mucho por ti, joven. A ver, Lisa, cuéntame. ¿Por qué parece que vayas a desmayarte de un momento a otro? Vuelve en ti. No puedes caerte redonda ahora delante de todos. Póntelo. Y deja de temblar. Bueno, dale un beso si tienes que hacerlo... O dos, o más. Se lo tiene ganado.

Lisa se dirigió a mí con una sonrisa de perplejidad.

— Como tú dirías, este anillo es lo más de lo más, Jennifer.

— Sin duda. Buena elección, Tank.

— Gracias —dijo.

— Déjamelo ver —le dije a Lisa.

Me extendió la mano.

— ¿Qué te parece?

— Increíble. Enhorabuena.

El segundo regalo que causó revuelo fue el de Alex a Tan. Un Rolex Yacht-Master II, tan masculino como aparatoso, con una pulsera de plata y oro rosado y un precioso aro azul alrededor de la esfera. Cuando se lo puso, pudimos comprobar que era lo suficientemente grande para no desaparecer en la muñeca de Tank.

— No sé qué decir, Alex —dijo Tank girando la muñeca y contemplando el reloj a la luz—. No debías haberlo hecho.

— Lo hice por una razón —dijo Alex—. Si vas a ser mi padrino, necesito que llegues a tiempo a la boda. No puedo estar esperando solo en el altar. Te necesito allí.

— Alex ...

— Esa es la razón, Tank. Ahora no tienes excusa para llegar tarde. No es que fueras a hacerlo, pero ahora no tienes ninguna razón posible. Tienes que estar allí conmigo mientras Jennifer llega hasta el altar. Lo he hecho pensando en mí.

— Los dos lo sabemos mejor. Pero no llegaré tarde —dijo, mirando de nuevo el reloj—. Esto es demasiado.

— No lo es después de todo lo que has hecho por nosotros este año. Seamos francos. Considéralo como muestra de mi agradecimiento por tenerte como amigo y como colega, y por ayudarnos a atravesar tiempos difíciles.

— Está bien —dijo Tank—. Gracias. Nunca me habían dado nada igual.

— Pues ya era hora —dijo Blackwell—. Déjame ver. Es precioso, Tank. Y lo suficientemente grande. Y me encanta el contraste de colores, Alex. Precioso. Buena elección tú también. —Le pasó la mano a Tank por la mejilla—. Disfrútalo. Sé que no es fácil para ti aceptar algo así, pero Alex lo hace de corazón. No le des muchas vueltas. ¿De acuerdo?

— A veces es difícil.

— Pero lo harás por Alex. Algo me dice que lo vas a atesorar. ¿Me equivoco?

— Lo haré.

— Así me gusta.

Mientras las chicas abrían sus regalos, hasta yo contuve la respiración cuando vi que Blackwell les había comprado un bolso Birkin a cada una.

— ¡Mamá! —dijo Daniella—. Son imposibles de conseguir. ¿Cómo pudiste hacerte con dos de ellos?

— Soy vuestra madre —respondió—. Tengo contactos. Soy la Blackwell y todo lo puedo.

— Muchas gracias. ¡Dios mío! Y es el cotizadísimo bolso Rouge Indian Matt Crocodile Palladium. Mis amigas se van a morir de envidia.

¿En serio? Pensé. *Ese bolso vale 70.000 dólares.*

— Mamá, me encanta. Gracias por pensar en mí —dijo Alexa—. Al contrario que Daniella, no podría poseer un bolso de cocodrilo, una especie en extinción. Pero me gustaría guardar un minuto de silencio por la vaca que fue sacrificada para hacer mi bolso. Sé que al menos la vaca fue también aprovechada para comer, con lo cual su muerte no fue totalmente en vano. Está viva en este bolso, que es precioso. Pero tengo que darle las gracias antes de aceptarlo. ¿Podemos dedicar un instante y darle las gracias en silencio por este regalo?

Todos bajamos la cabeza y le presentamos nuestros respetos a la vaca.

Todos los otros regalos fueron abiertos. Se sacaron vestidos y suéteres, zapatos y pijamas. Blackwell me lanzó un beso cuando abrió la gargantilla de diamantes y rubíes que le había comprado en Harry

Winston. Le devolví el beso. A Alex le regalé una edición limitada del reloj de espejo de Dior, que ostentosamente mostró a todos. Lisa compró un reloj Breitling para Tank. Se lo agradeció con un beso en los labios después de probárselo.

— Dos relojes —dijo.

El último regalo fue el de Alex para mí.

Era una caja rectangular, delgada, envuelta en un papel rojo luminoso con un lazo navideño. Supe inmediatamente que sería una pieza de joyería.

— Alex —dije.

— Te quiero —dijo—. Esto es solo una muestra de mi cariño.

— ¿Y qué fue el collar de anoche?

— Otra. Venga ábrelo.

Lo abrí y vi que se trataba de un poema inscrito en una vitela. Cuando lo retiré, había debajo una caja de Cartier. Miré a Alex.

— Guarda el poema para ti. Es un regalo solo para tus ojos.

— ¿Privado? —dijo Daniella.

— Sí, privado. El otro regalo lo puedes compartir con el resto si quieres. —Me miró—. Léelo y verás que es un reflejo de lo que siento por ti.

A veces, como con la carta que me escribió, podía ser inesperadamente romántico. Leí el poema para mí misma.

"Te quiero"
de Ella Wheeler Wilcox

Adoro tus labios mojados de vino
Y enrojecidos de deseo incontenido.
Adoro tus ojos cuando su mirada enamorada
Se ilumina con fuego apasionado.
Adoro la tibia carne de tus brazos
Tocando con su abrazo la mía.
Adoro tu cabello cuando sus hebras
Se tejen con tus besos en mi rostro.
No es para mí el beso frío y tenue
De un invertebrado amor virginal.
No es para mí la dicha nívea de los santos,
Ni el corazón de una paloma impoluta.
Pero dame el amor que se da libremente
Y que se ríe de la mirada del mundo
Con tu cuerpo entre mis brazos, tan joven y tan cálido
Que prende fuego en mi corazón.
Bésame dulcemente con la tibia humedad de tu boca,
Aun fragante de vino rojo,
Y di con fervor nacido del Sur,
Que tu alma y tu cuerpo son míos.
Estréchame en el calor de tus brazos jóvenes,
Mientras las estrellas brillan pálidas en lo alto,

Y viviremos nuestra juventud entregados
al disfrute de un amor vivo.

— ALEX —DIJE—. ES BELLÍSIMO. Y dice tanto. —Lo besé con pasión en los labios y le puse la mano en la cara mientras lo miraba a los ojos—. Gracias. Yo también te quiero. Más de lo que puedas imaginarte. Es el mejor regalo.

— Compártelo —insistió Daniella.

No la miré ni le respondí. Puse la caja a un lado y el poema a salvo entre Alex y yo para que Daniella no pudiera cogerlo, algo que sin duda haría si tuviera la oportunidad. Cuando abrí la caja, desdoblé capas de papel plateado y dorado antes de llegar al más espectacular par de pendientes hechos de oro y diamantes amarillos, brillantes blancos y zafiros verdes formando una cascada de flores que terminaba con una estrella. Sin poder creérmelo, los saqué de la caja y los puse a la luz. Lisa, Alexa y Daniella se quedaron boquiabiertas, mientras que Blackwell se dirigió a mí.

— Bueno, bueno. Estos, querida mía, son unos pendientes.

— No sé qué decir —dije—. Mire el trabajo que tienen, Bárbara. Y los colores. Tan intricado. Tan delicado. —Busqué la mano de Alex y se la apreté fuertemente—. Gracias otra vez. Realmente, no sé qué decir. Primero el collar, luego el poema, y ahora esto. No tengo palabras.

— Entonces he acertado.

— Es lo menos que se puede decir.

— Feliz Navidad —me dijo—. La primera de muchas.

Se inclinó sobre mí y me dio lo que tal vez fue su beso más lleno de significado.

CAPÍTULO DIECIOCHO

CUANDO LLEGÓ LA HORA de comer, todos vestidos para la ocasión, Blackwell entró en el salón, a la una en punto, como había prometido, y sentenció.

— Parece que hemos tenido éxito —dijo.

— ¿Sí? —dijo Daniella.

— ¿En serio? —dijo Alexa.

— Así es, chicas. Y no os sorprendáis tanto. Gracias a la famosa *Contessa,* vamos a tener nuestra comida casera de Navidad. Pero dejaré que seáis vosotros los que juzguéis el éxito.

— Si el pavo está seco, la comida va a ser un mal trago —dijo Daniella.

Blackwell la fulminó con la mirada.

— Me pregunto si no debería enviarte a una escuela de señoritas en lugar de la universidad.

— Solo estaba bromeando.

— Más te vale. Ahora, cada uno que tome su asiento en el comedor. Estoy lista para servir el pavo y todo lo demás. —Miró a Tank—. ¿Nos harías el honor de trinchar el pavo?

— Con mucho gusto.

— Estupendo. Venga, vamos. Todos a la mesa. Servid el vino. Yo tengo un pavo que traer y creo que algunos de vosotros se van a sorprender.

Y no bromeaba. Cuando salió de la cocina con el pavo en una bandeja de plata, estaba dorado y olía delicioso. El relleno se veía jugoso y la presentación era perfecta. Había rodeado el pavo con ramas de perejil rizado y salvia.

Con un trazo de sonrisa en la cara, puso el pavo en el centro de la mesa y continuó trayendo platos de la cocina: una tarrina de plata rebosando puré de patatas, zanahorias asadas cortadas en diagonal, una salsera, crema de arándanos y judías verdes salteadas con chalote. Cuando trajo el pan, gruesas rodajas de baguettes, se sentó a mi lado y yo la miré atónita.

— Ha superado todas las expectativas —dije.

— Mamá, todo tiene una pinta fantástica —dijo Daniella.

Blackwell desdobló la servilleta y se la puso en el regazo, levanto su copa y saboreó el vino.

— Si uno puede leer una receta, aparentemente puede cocinar. Tank, carne blanca para mí. Veamos si dejarlo descansar ha cumplido su propósito. Como apuntó Daniella, a nadie le agrada un pavo seco.

Y no lo estaba. De hecho, estaba suculento, como el resto de la comida. Mientras comíamos, miré a Alex al otro lado de la mesa y le sonreí. Me devolvió la sonrisa, y con gesto de felicidad, se llevó una zanahoria a la boca.

— Perfecta —dijo.

— Es excelente —dijo Lisa—. El relleno es superior.

— Mamá, el puré de patatas está para morirse —dijo Alexa.

— Gracias, Alexa.

— Y me encanta la salsa.

— Me alegro.

— Todo está estupendo —dijo Tank—. No le tiene nada que envidiar a la cocina de mi madre, que es muy buena cocinera.

— Gracias por el cumplido. Por favor. Ponte más.

Lo hizo con gusto. Cortó otro pedazo de pavo, mientras que Lisa le acariciaba la espalda.

— ¿Alguien quiere más? —preguntó.

Un rotundo sí se escapó de los labios de todos, incluida Blackwell.

MÁS TARDE, CUANDO HABÍAMOS acabado de comer y antes de servir los postres, Blackwell nos pidió que levantáramos nuestras copas.

— Quiero hacer un brindis —dijo a todos.

— Si bebo una copa más, voy a darme de narices con lo que queda en el plato —dijo Daniella.

— Sólo un sorbito, mi amor. Por mí.

Blackwell se levantó y miró a todos y cada uno de los que estábamos en la mesa. Cuando empezó a hablar, su tono no podía ser más sobrio.

— En un principio no quería venir a Maine —dijo—. Se lo puse difícil a Jennifer y lo siento. Estaba equivocada con mis expectativas y tú tenías razón.

Iba a interrumpirla. Quería decirle que no se trataba de tener o no razón, pero no me dejó.

— Déjame hablar.

— Claro, claro.

— Echad un vistazo a la mesa —dijo—. Mirad lo afortunados que somos. Habría sido una tonta si hubiera elegido no venir. Tengo a mis hijas conmigo, que son toda mi vida. Hemos sido capaces de cocinar juntas por primera vez. También tengo conmigo a mis hijos adoptivos, Alex y Jennifer, y a una de las mejores, más fieles y más valientes personas que conozco. Ese eres tú, Tank. Y, por si fuera poco, he hecho una nueva amiga y he sido testigo de cómo ella y Tank se han enamorado. Sé muy bien cuál es la impresión que doy, pero creo que todos los presentes saben que es casi todo puro teatro. No ahora. Así que, si me lo permitís, me gustaría brindar por cada uno antes de servir el postre y decir adiós a Maine y a esta fabulosa casa mañana por la mañana.

Se giró a Daniella y levantó su copa.

— A mi hija mayor y continua instigadora, te quiero. Llegaste aquí enfadada con el mundo y el corazón roto, y todo por un chico que nunca verá en ti lo que yo veo. Una mujer lista, aguda, que tiene lo que muchos no tienen. Personalidad. No la pierdas. Nunca dejes que un hombre te aplaste o te cambie. El hombre que mereces llegará algún día. O bien lo encontrarás tú o él te encontrará a ti. Por ese día y por ti, mi amor.

Daniella le lanzó un beso a su madre y le dio un sorbo a su copa.

— Alexa —dijo Blackwell—. Mi pequeña ecologista. Estoy orgullosa de ti por muchas razones, pero especialmente por una. A tu edad, tan joven, tienes firmes convicciones, crees en algo. Te definen. No muchos tienen lo que tú tienes a tu edad, y no creo que tu conciencia social y medioambiental sean simplemente una fase. Creo que eres quien eres y tengo el presentimiento de que harás algo con tu vida por esas convicciones. Y algún día lo sabremos. Por ti.

— Gracias, mamá. No todo el mundo me entiende.

— Bueno, yo sí. Y tú hermana.

— No me metas en esto —dijo Daniella, pero antes de que Blackwell pudiera reaccionar se dirigió a su hermana— Bromeaba. Sabes que estoy orgullosa de ti, aunque estés como una cabra.

— A Alex y a Jennifer —continuó Blackwell—. ¡Qué año habéis tenido y mirad cómo habéis salido de él! Dos supervivientes enamorados y prometidos en matrimonio. Espero estar envuelta en todos los preparativos de la boda porque no voy a permitir ser testigo de un desastre cuando os caséis. Así que preparaos para lo que os espera conmigo y para una vida maravillosa juntos. Como con todo matrimonio, tendréis vuestros retos. Pero sé que podéis sobrevivir cualquier reto. Lo he visto por mí misma. Todos lo hemos visto. Lo que tenéis es lo que quiero para mis hijas, un verdadero amor, un amor para siempre. Por favor, levantad vuestras copas conmigo y dejadme deciros lo que me alegro de ser parte de vuestras vidas.

— Me va a hacer llorar —dije.

Arqueó sus cejas.

— Quizás sea lo que pretendo.

Daniella se rio, como era de esperar. En el fondo, era hija de su madre y, a pesar de lo impertinente que podía ser, le tenía un cierto afecto por eso.

Finalmente, Blackwell se volvió a Lisa y a Tank.

— Y ahora os toca a vosotros. ¡Qué delicia va a ser veros juntos! Habéis encontrado el amor aquí, nada menos que en la patria chica de Lisa, y espero que tengáis una relación donde el amor sea siempre como el que sentís ahora. Por supuesto, nada es seguro. Lo sé bien. Pero también sé que todos aquí solo deseamos lo mejor para los dos y que, en adelante, vuestra historia no la escribiréis solo los dos. Los capítulos que tenéis por delante en vuestras vidas son algo de lo que todos queremos dar testimonio.

ÚNASE A MI LISTA de correos y no se pierda ninguna novedad: https://www.christinaross.info/newsletter

Puede también encontrarme en FacebooK. https://www.facebook.com/ChristinaRoss.Author.

Me encanta charlar con mis lectores y hacer sorteos para ellos. Espero verlos allí pronto.

Les estaré profundamente agradecida si hacen una reseña crítica de esta novela en Amazon. Estas reseñas son esenciales para todo escritor.

Gracias.

Christina

Orden de lectura:
Jennifer y Alex:

Aniquílame: Volumen 1
Aniquílame: Volumen 2
Aniquílame: Volumen 3
Aniquílame: Volumen 4
Aniquílame: Volumen 5 (Navidad)

Lisa y Tank:

Desátame: Volumen 1
Desátame: Volumen 2
Desátame: Volumen 3

Jennifer y Alex:

Milton Keynes UK
Ingram Content Group UK Ltd.
UKHW022336230424
441619UK00015B/792